女のとなり

乃南アサ

祥伝社文庫

目次

ため息の果て 7
ケンちゃんとお母さん 15
女の敵は…… 25
コンビニの功罪 35
バブルがはじけて…… 45

笑えない 55
「男っぽい」の罠《わな》 65
こころざし 75
ほめ上手 85
招かれざる 95
ときには、まあまあ 105
女の居場所 115
ヘンな二人 125
白い腕 135
怪談 145

か弱いひと 155
あととり娘 165
どうしちゃったの 175
装うためでなく 185
愛さえあれば 195
とかいって 205
美声 215
ここだけの話 225
お揃《そろ》い 235
あとがき 244

――ため息の果て――

以前、若い夫婦が手を取り合って笑顔で買い物に行くという中性洗剤のCMが流行《はや》ったことがある。恐らく素人《しろうと》と思われる夫婦を起用してシリーズ化され、結婚を控《ひか》えた若い女性の中には、彼らこそ「理想の夫婦像」であるとして、自分も結婚したらCMに登場する夫婦のようになりたいと言う人も少なくなかった。つまり、今にして思えば当時はまだまだ、日常の買い物に夫が同行することは珍しく、また、食器洗いを手伝うなどということも少なかったのに違いない。

時を経《へ》て、最近のスーパーマーケットなどでは、ことに休日ともなると夫婦同伴で買い物に来ている人たちを非常に多く見るようになった。若夫婦ばかりでなく、中年も熟年も、当たり前のように連れだって買い物をしている。そんな様子を眺《なが》めると、時代が変わったのだと実感する。

さて、夫婦連れの買い物客が増えると、当然のなりゆきとして、スーパーの店内には話し声が増えることになる。一人で来ている客ばかりなら、特売や試食のコーナーに立っている店員の呼び込み以外は、せいぜい放送が流れるばかりで、客が声を出し、ましてや会話するなどということはほとんどないと言って良い。広々としたフロアーが、あまりにもしん、とし過ぎるから音楽を流したりしているのである。だから、一人で黙々と品定めをしている人が、一見すると平凡な主婦に見えたとしても、実は何を考え、誰のためにどんな料理を作るつもりでいるのか、また、どういう暮らしぶりの人かなどは、分かるはずがない。だが、夫婦で買い物に来ている人たちは大抵、少しくらいは会話する。傍《そば》を通れば自然に聞こえる。その結果、献立も分かってしまう。この家族は今日は餃子《ぎょうざ》か、こちらの家族は焼き肉か、といった具合である。

そうして彼らの会話を耳にしたり様子を眺めたりしていると、どうやら妻の買い物につき合う夫のタイプにもいくつかあるらしいということが分かってくる。まず、年齢に関係なく、ただ単に妻の買い物についてきているだけという無関心タイプ。こういう夫婦は、あまり会話もしていない。見ている方向も別々だし、下手《へた》をすれば夫の方は早々とレジの外で待っていたりする。自分の役割は単なる荷物持ちか子守とでも決めつけているかのようだ。そうすることが夫の務めだと言われるから仕方なく従っているという雰囲気《ふんいき》が滲《にじ》み出ていることも少なくない。

次に、何を選ぶのでも会話し、相談しながら買い物をすすめる合議制タイプ。このタイプは、最初に紹介したテレビCM風の雰囲気だ。夫も意外なくらい冷蔵庫の中味を把握《はあく》していたり、料理も手伝っているらしい場合が少なくない。調味料を選ぶの一つにも値段と品質の両方を見比べながら、手堅い買い物をしている様子がうかがえる。比較的若い夫婦に多いかも知れない。

さらに、妻の買い物にいちいち口出しをしてケチをつけ、品物を選ぶ決定権は自分が握っているという独裁者タイプがいる。中年以上に多いようだが、このタイプは多分、表向きは「優しい夫ですの」と見栄《みえ》を張っていても、妻にとって、夫は実は重苦しい存在になっていることだろうと思う。妻は妻なりに予算を立てて、日頃から鍛《きた》えている主婦の目で、品物を選んでいるはずなのである。なのに、たまの休みに珍しく買い物についてきたかと思うと、夫はどこの飲み屋で覚えてきたのか分からないような酒の肴《さかな》を作れとか、チーズを買うなら山羊《やぎ》が良いとか、色々と口を出す。文句ばかりが多い。

「駄ぁ目、駄目駄目駄目。こんなの買って、どうすんだ。こんな、まずいの」

「あら、まずいなんて――」

「だって、これ、アレだろう？　この前、お前が出したアレだろう」

「そうよ。あのとき美味《おい》しいって――」

「言わないよ、そんなこと」

「――そうお？　でも、残さないで食べたじゃない」

「だけど、駄目だ。駄目駄目。ああ（自分で商品を選ぶ）、これにしろ」

「これって、あなた、こんなの――第一、高いわよ」

「いいじゃないか、ケチケチすんなよ、こんなもの一つで」

大体、こんな会話を繰り広げている。ある日、近くで品物を選んでいた私の耳には、その夫の「駄目駄目駄目駄目」という早口の声がこびりついた。ああ、嫌な夫だと、無関係ながらうんざりした。きっと、こんな口調で会社でも文句を言い、周囲や部下にでも嫌われているのに違いない。そして彼は、オフィスの女子社員に言うのと同じ口調で、自分の妻にも文句を言わずにいられないのだ。その夫は、妻が買い物かごに入れた商品の一つ一つも手にとって確かめていた。まるで点検監視のために、一緒に買い物に来ているような印象を受けた。

そして、それらの夫のタイプの最後に、いくら自分の買いたいものを主張しても、ことごとく妻に拒否され、それでもなおかつ新たな主張を繰り返すという、駄々っ子タイプというのがある。これは、はっきりいって熟年以上の夫婦に非常に多い。

あるとき、七十前後に見える男性が、食肉売場の陳列ケースの前に立っているのを見かけた。おずおずと手を伸ばしているのは、ステーキ用の牛肉。男性が、その肉の入ったパックを手にとった途端《とたん》、少し離れた位置にいた妻が、すっと近づいてきた。

「駄目って言ってるでしょう」

夫は両手で肉のパックを持ったまま、じっと俯《うつむ》いて動かない。

「こんな脂《あぶら》の強いの、駄目って言ってるでしょうっ」

妻の声が少し大きくなった。

「何回言ったら、分かるんですっ。そうやって迷惑かかるのは私たちなんですからねっ。勝手なことばっかりして、お医者様だって、そのうち見放しますからっ」

ははぁ。糖尿か心臓か高脂血症か、とにかく夫は健康を害しているのだと分かる。

だが、それでも肉を手放そうとしないのだ。すると妻は、夫の手から肉をひったくって棚に戻した。夫の手は宙に浮いたままだったが、妻が離れると、また違う肉の方に伸びていった。私の背後で「あなたったら！」という厳しい声が聞こえた。

また違う場面。やはり年老いた夫が、菓子のコーナーにいた。豆菓子を一つ、妻が提《さ》げているカゴに入れる。妻は黙ってそれを戻す。夫は妻をじっと見ている。妻は無視。やがて夫は違う菓子をカゴに入れる。妻はまた淡々とそれを売場に戻す。夫が低い声で何か言った。途端に、妻の激しい声が響いた。

「いらないのっ！　もう、うるさいっ！」

妻は「ふんっ」と横を向き、すたすた行ってしまう。夫は為《な》す術《すべ》もなく、黙って妻の後をついていった。リタイアして心細くなり、かといって趣味もなければ親しい人もいない、結果として、ただ妻に張りついているばかりという、通称「濡れ落ち葉」の典型だろう。

『嬶』という文字がある。最近ではあまり聞かなくなった言葉だが、念のために申せば、「かかあ」と読む。親しみをこめつつも、妻を卑《いや》しんで呼ぶ言葉だが、落語などではおなじみだ。

それにしても「女」に「鼻」である。嫁にもらった当時は、声も小さく万事に控えめで、何をするにも恥《は》ずかしげに見えていたような妻が、時の経過に伴《ともな》って、肝も据《す》わり貫禄《かんろく》もついて、ついに夫には盾突《たてつ》き言うことは聞かなくなり、「ふんっ」とそっぽを向くときなどの、その鼻息の荒いこと、という様子を表現したものだろうと思う。

だが、好きで嬶になるものか。恐らく鼻息の一つも荒くならなければいられないようなことが、色々とあったに違いないのだ。最初は密《ひそ》かに洩らしていたため息が、やがて「言っても無駄」と思ったとき、深々と大きなため息になり、ついには「ふんっ」になる。嬶を生み出すのは「宿六《やどろく》」と決まっている。

―ケンちゃんとお母さん―

子どもの頃、近所に「ケンちゃん」という男の子が住んでいた。ケンちゃんは私よりもいくつか年下だったが、周囲の子どもたちから嫌われていた。なぜかというと、ケンちゃんは暴れん坊で自分勝手なのである。皆で遊ぼうとしても、いちばんチビのくせにルールを無視して言うことを聞かない。

「ちがうよ、ケンちゃん、じゃんけんできめたでしょ」

なんて言ったところで、ふん、とそっぽを向いている。缶蹴《かんけ》りだって隠れん坊だって泥んこ遊びだって、とにかく何をしてもぶちこわしにする。すると、お兄さん格の子どもが怒る。

「言うこと聞かないんだったら、一緒になんか遊んでやんないからなっ」

ところがケンちゃんは、謝らない。不敵な目つきで周囲を睨《ね》め回し、そして、ぷいっとどこかに行ってしまうのである。結局、「何だ、あいつ」ということになる。

ケンちゃんは笑うということがなかった。いつも仏頂面《ぶっちょうづら》で、上目遣《うわめづか》いに人を睨《にら》む。

しかも、致命的なことに、ケンちゃんは汚かった。いつも煮染《にし》めたような色の服を着せられて、顔は鼻水でカピカピだし、手でも足でも、垢《あか》がこびりついていた。だから余計に嫌がられた。近所の母親たちは「可哀想」という目を向けていたが、親のいない子でもないのだからと、密《ひそ》かにため息をつくのが落ちだった。

「でも、あの人、本当にケンちゃんのお母さんなのかな」

私は何度か母に尋《たず》ねた記憶がある。そうなのだ。子どもの目から見て、ケンちゃんのお母さんは、あまりにも「お母さん」というイメージとはかけ離れていた。母が何と答えたかは覚えていないが、恐らくは「よそはよそ、うちはうち」のようなことを言ったのではないだろうか。

ケンちゃんのお母さんは、もしゃもしゃのパーマをかけた人で、お化粧をしたこともなければ、よそ行きの服でお出かけしたところも見たことがなく、やはり笑わない人だった。当時、お母さんたちは皆、買い物の際には買い物かごを提《さ》げていたものだが、一年三百六十五日、その買い物かごを腕に引っかけて、むっつりとした表情で歩いていた。こちらが挨拶《あいさつ》をしても、黙礼を返してくるのがせいぜい。主婦同士のつき合いも一切なく、立ち話に加わるということもなかった。

陽《ひ》が暮れて、子どもたちがそれぞれの家に帰った後、ケンちゃんの家からは夜ごと、激しい怒鳴《どな》り声が聞こえた。すると私たちは、ああ、また始まったと顔を見合わせた。何を言っているのかまでは分からないが、とにかくお母さんがケンちゃんを叱《しか》り飛ばしているのだ。どすん、ばたん、という音がした。そして、ケンちゃんの泣き声。まさしく火がついたように激しく、絶叫するように泣く声が、静かな住宅地に響くのである。私たちは、時には夕食の席につきながら、思わず箸《はし》を止めて、耳を澄《す》ませることが度々《たびたび》だった。

「また怒られてるね」

「何をあんなに叱ることがあるのかしら」

そんな話をしていたのは、私の家だけではなかったはずだ。会えば憎らしい子だったけれど、あんなに激しく泣いている声を聞くと、やはり可哀想だった。子ども心にも、お母さんがあんなに叱るから、ケンちゃんがひねくれてしまうのも無理もないと思った。

ケンちゃんのお母さんは本当に怖かった。一度など、路上で買い物かごを振り回して、ケンちゃんの頭をぶん殴ったのを見たことがある。小さなケンちゃんは、ぽーんと跳ね飛ばされて道ばたにぶっ倒れ、鼻血を出していた。もしゃもしゃ頭を振り乱し、肩で息をして、ケンちゃんのお母さんは「うるさいんだよっ！」と怒鳴っていた。

やがて、ケンちゃんは泣かない子どもになった。毎晩のように聞こえる怒鳴り声は相変わらずだ。ばしっ、どすん、という音も聞こえている。だが、それに続くケンちゃんの泣き声は、もう聞こえなかった。最初のうち、私の母などは「打ち所が悪かったのかしら」などと心配していたが、翌日にはその辺を歩いているから、無事だったのだと分かる。ケンちゃんは前よりも一層、無表情になり、汚さはそのままで、ただ目つきだけが悪くなっていった。

その頃には、近所の子どもたちも少しずつ大きくなり、生意気にもなって、腕白《わんぱく》な男の子たちは、時折、ケンちゃんのお母さんを見かけると「鬼ババア」とはやし立てることがあった。

「うちの母さんも言ってるぞ、鬼ババア、鬼ババア！」

するとケンちゃんが出てきて猛然と怒るのだ。そして、自分よりもずっと大きなガキ大将に突進していく。「鬼ババアの子ども」などと言われて簡単に転がされながら、ケンちゃんは何度も何度も、ガキ大将に向かっていった。何だか、見てはいけないものを見てしまったような気がして、私は胸が苦しくなった記憶がある。

やがてケンちゃんのお母さんのお腹が大きくなった。そして、赤ちゃんが生まれた。ケンちゃんのお母さんが変身した。赤ちゃんに対してだけ、ものすごく優しい普通のお母さんになったのだ。ケンちゃんには相変わらずどころか、「赤ちゃんがいるんだからっ、あっち行けっ！」などと怒鳴って近くにも寄せつけないのに、腕に抱いた赤ちゃんにだけは、とろけるような笑顔を向けるようになった。

ケンちゃんが近所の雑貨店で万引きをしているという噂《うわさ》が流れるようになった。さらに、少し離れた工事現場から建築資材を盗み出したとか、近所の飼い犬の鎖を解《と》いて犬を放してしまったとか、物騒《ぶっそう》な話が次々に聞こえてくる。確かに常に独りぼっちで行動するケンちゃんには、不可解な行動が見られるようになっていた。お小遣《こづか》いなど持たされているはずがないのに、溶けかかったアイスクリームを食べながら歩いていたり、空き地で漫画雑誌を読んでいたりするのである。野原でマッチをたくさん擦《す》っていたこともある。そして、他の子どもに見つかると、そそくさと逃げるように行ってしまう。

赤ちゃんがヨチヨチ歩きを始める頃になると、ケンちゃんのお母さんは赤ちゃんの手を引いて、時には近所の井戸端会議にも加わるようになった。赤ちゃんは色白の丸顔で、いつもニコニコと愛想《あいそう》が良く、真っ黒で痩《や》せこけているケンちゃんとは正反対のタイプだったから、近所の主婦たちも思わず笑顔になって赤ちゃんをかまった。そんなとき、「鬼ババア」とまで言われているケンちゃんのお母さんは別人のように、いかにも嬉しそうに笑っていた。けれど、ケンちゃんが弟と遊ぶ姿は、ついぞ見たことがなかった。ケンちゃんはいつも一人だった。

『好』という字は、見た通り女性が子どもを大切にかばう、可愛がるところからきている。女性は本能的に幼い子どもを慈《いつく》しむと、古来からそういう印象があったのだろう。それが当然の姿であると思われてもきた。だが実際には、子どもを虐待する母親がいる。我が子を好きになれない母親もいる。母親自身、そんな自分に傷つき、苦しむ場合も少なくないという。また一方では、まるで無思慮に、無分別に子どもを産んだ結果、思い通りにならない苛立《いらだ》ちを、そのまま幼い生命にぶつけるタイプの母親もいる。女性なら等しく子どもを可愛がるとは限らないのが現実だ。

恐らく昔から、そういう人はいたのだと思う。殺すところまではいかないにしても、我が子でありながら好きになれない、どうしても愛情を注ぐ気になれないと思いながら、「女は子どもを産み育てるものだ」という常識や義務感に縛られて、嫌々ながらとりあえず母親にならざるを得なかった人は、きっといる。そういう人たちにとって「好」という文字は、ある種、脅迫めいた力を発揮しはしなかっただろうか。日常生活の中でも多用する、あまりにも当たり前のように「女+子」とセットされた文字は、改めて見つめてみると、ことに現代の社会では、なかなか重たい文字である。

ところでケンちゃんは、意外に頭が良かったらしい。噂では、ケンちゃんのお父さんは有名大学を出ているという話だったから、お父さんに似たのだろうか、中学からは、名の通った進学校に行くようになった。小さくて汚かったケンちゃんは、いつの間にか背も伸びて、近所の公立学校のものとは明らかに異なる紺色の制服を着て、革の鞄《かばん》を提げて出かけるようになった。かつて「鬼ババア」と呼ばれたケンちゃんのお母さんは、ずい分、鼻が高い様子だった。その頃には、時々はお洒落《しゃれ》をして、つんとお澄《す》まし顔で出かけていくことがあった。

ケンちゃんの家から再び怒鳴り声が聞こえるようになったのは、それから間もなくのことだ。今度は少年の声が、三日にあげず、夜の空気を震わせるようになった。

「てめえっ」「この野郎っ！」と激しい怒鳴り声がして、何かのぶつかる音や、時にはガラスの割れる音などが響いた。

「やめてっ！　悪かったって言ってるじゃないのっ！」

悲鳴のような声が聞こえた。それは、かつて幼いケンちゃんを怒鳴りつけていた声とは別人のような、ケンちゃんのお母さんが息子に哀願する声だった。

「結局、こういうことになっちゃったのね」

近所ではロ々にそう言い合った。幼い頃からのケンちゃんとお母さんを見てきている者にとっては、それは当然過ぎるくらいの結果だった。幼児虐待どころか、まだ家庭内暴力という言葉さえ、さほど耳にしなかった時代である。けれど皆、どこかでケンちゃんに同情していたことは確かだ。幼い日のケンちゃんの淋《さび》しさを、本人のお母さん以外は皆、知っていたから。その後、ケンちゃんは学校に行っていないらしいという話を聞いた。それきり、見かけなくなってしまった。

――女の敵は……――

どういうわけか話すたびに嫌な気分になり、つい腹が立つという女が、私の周囲に何人かいる。

まず、何分かに一度、思わずこちらがムッとするようなことを口にするA子。久《ひさ》しぶりに会ったと思ったら、十分後には「老《ふ》けたんじゃない？　皺《しわ》も増えたし」などといった、相手の外見などに関する無神経きわまりない感想を洩《も》らす。その場にいる人たちは一瞬のうちに慌《あわ》て、強張《こわば》り、素早く視線を交《か》わすことになる。

「この人、今、何て言った？」

「ちょっと、今のってひどくない？」

「普通、言わないでしょ、思ったって」

けれど、こんな低次元な話題で腹を立てるのも、ムキになって言い返すのも大人げないと思うから、誰もが我慢する。

また、常に自分の都合だけで行動し、相手からの要望や用件は一切、無視し続けるタイプのB子がいる。

「だって私、忙しいんだもん」

これが彼女の伝家の宝刀。その合間を縫《ぬ》って、何とか都合をつけてやっている、という姿勢ばかりが、どんな場合にでも前面に押し出されている。でも「私は魅力的」だから、周囲は彼女の都合に合わせてくれるに決まっていると信じているらしい。

そんなB子のいちばん困ったところ、それは、絶対に自分からは折れない、非を認めない、謝らないという点である。自分から約束を反故《ほご》にするときでも「しょうがないのよ」としか言わないし、たとえどんな小さな誤解に関しても、妥協しない。

「そんなの、聞いてないわ」

「あなた、そんなこと言わなかったわよ」

そういう不毛な言い合いも馬鹿馬鹿しいと思うから、結局はこちらが黙る。するとB子は、それを自分の勝利だと勘違いする。

「ほぅら、私の言った通りなんだ、やっぱりね」

時には、「ま、いいわよ、気にしてないから」という情け深い言葉がついてくることもある。その揺るぎない自信は、他の追随を許さない。

そして、何事にも一家言《いっかげん》申し述べないと気が済まないC子。その話題の範囲は、芸能人の私生活からクラシック音楽まで、最新のインターネット事情から投資信託までと、非常に幅広い。誰かが話をしていると、すぐに「あ、それはね」と口を挟んで、解説が始まるのである。

「ああ、もう駄目ね、素人《しろうと》は」

機嫌が良い時に限って、彼女はそんな言い方をする。それから長々と演説が始まるわけである。最初の頃こそ、まあ、何て詳《くわ》しい人なんでしょうとか、素晴らしい知識量、なんて素直に感心していたのだが、よくよく聞いてみると、全部が何らかの聞きかじりに過ぎず、しかも相当に好《い》い加減で生半可《なまはんか》な知識を、さらに適当に脚色し、口から出任せを言っているに過ぎないらしいということが分かってくる。たとえば彼女が取り上げた話題の専門家が話に加わっていたりする場合、その人の瞳《ひとみ》に哀《あわ》れみとも困惑ともつかない表情が浮かんだりするのである。眺めているだけで、こちらが恥ずかしくなる光景だ。第一、そんなに色々なことに精通しているのなら、何かのプロになっていれば良さそうなものだが、実際にはC子は何のプロでもない。趣味人と言ってしまえば聞こえは良いが、結局すべてにおいて、何もモノに出来ずにいる人なのだ。

そんな彼女たちには共通する部分がある。彼女たちは揃《そろ》いも揃って、自分からは絶対に動かないという特徴を持っているのである。文句は言う。批判もする。希望も出すし、注文も厳しい。つまり総じて非常に饒舌《じょうぜつ》。しかも毒舌。まるで容赦《ようしゃ》がない。けれど、口だけなのだ。自分では何もしない。

これは、はっきり言ってかなりずるい。そして、その部分こそが、こちらにはいちばん腹立たしいのである。そんなに文句ばかり言うのなら、自分でやれば良いではないか。けれど、いくら言ったって、もう絶対に、動きゃしないのだ。批判をかわしたり、するりと逃げたりするなら、まだ可愛い。けれど、既《すで》に何年も前から「謝る」というアイテムを捨て去った女たちは、少しでも逆風を感じると、塗り壁のごとく動かなくなってしまうのである。もう少し若ければ、泣いて見せたりもしたのだろうが、今となってはそれも出来ない。そして、やがて「逆切れ」の嵐が噴《ふ》き出してくる。

「——何で、あんたにそんなこと言われなきゃならないの。こんなに一生懸命やってるのに！　あんたなんかに、私の何が分かるっていうのっ！」

さあ、もうここまで来たら大変だ。怒りの嵐はとどまるところを知らず、周囲を巻き込んで吹き荒れる。ことと次第によっては、上司にだって夫にだって、とても鎮《しず》めることなど出来はしない。首をすくめて嵐の過ぎ去るのを待つばかりの周囲は、ほとほと困り果てる。そして、思う。もう懲《こ》り懲《ご》りだ！

「あんな女、早くいなくなってくれないかな、もう」

「もう分かった、もう二度と、何も言わない。徹底的に無視、無視！」

当たり前だ。仕事は滞《とどこお》り、雰囲気は悪くなり、そして、困り果てた誰かが右往左往して、必要もないのに頭を下げたり冷や汗をかいたりしなければならないというのでは、たまったものではない。だが、そういう人に限ってその場を去らないことになっている。だから、周囲は諦《あきら》めを選択することになる。決して、彼女の存在を認めるわけではない。ただ、逆切れされてかき回されるよりはましだから、この際「適当に」あしらってしまえ、ということである。

一見すると、彼女たちは勝者である。またしばらくの間はやりたい放題、肩で風を切り、ぐいぐいと我が道を突き進むことだろう。だが、その結果として待ち受けているのは、彼女たちは確実に孤独になっていくという現実でしかない。何か言うたびに嵐を起こされてはたまったものではないし、何よりも、ご託だけ並べて動かない人間を、周囲の人は決して評価しない。

彼女たちだって、実はそれぞれの方法で、自分の抱える孤独を癒《いや》したいと願い、自分の周囲に人々を引き留めておきたいと願っているのだろうとは思うのだ。だが、一度でも奇妙なねじれ方をしてしまった心は、妙な癖がついてしまって、どんどんとねじれてしまうのに違いない。A子の思いやりに欠ける言動は、実は、単に軽いジョークのつもりなのかも知れないし、B子の過剰な「忙しがり」や頑固さも、本当は不安の裏返しと受け取れなくはない。C子の知ったかぶりだって、ただ自分を見て欲しいという甘えの裏返し、淋しがり屋としての思いが高じただけのことかも知れないのだ。第一、彼女たちは等しく「昔はあんな人じゃなかったんだけど」という評価を受けている。

「本当ですよ、素直で明るくてねぇ、活発な人だったのに」

「優しいところがあって、目立たないけど、気配りの出来るタイプだと思ってた」

「確かにピカイチっていうことはなかったけど、いつも一生懸命みんなの後をついてくる子だった」

そんな人たちが、ただ年月のためだけに変わってしまったとは思いたくない。年月は、単に人を歪《ゆが》めたり、頑《かたく》なにさせるだけのものではないはずだ。では一体、何が彼女たちを「あんな人」にしてしまったのだろうか。

一つには、今の社会がある。そこまで肩肘《ひじ》を張らなければ生き抜いてこられなかった現実、生半可な優しさなど受け容れられない厳しさ、「親父《おやじ》化」せざるを得ない様々な事情があったことは確かだろう。だが、その一方では、個人の性格の問題も大きいはずだ。忙しく働き、生き抜いてきた女性がすべからく「嫌な」「腹立たしい」女になるとは限らない。妙なプライド、不要な理屈っぽさ、見栄《みえ》、計算高さ、功名心、それらのものが、本来的な向上心とか誠意とか、思いやりなどといったものから切り離されて、必要以上に不気味に肥大化した結果、彼女たちを妙に歪めて徐々に孤独へと隔《へだ》てていってしまっている気がしてならない。

『妨』という字がある。妨害の妨であり、「妨《さまた》げる」「立ちはだかる」「邪魔をする」といった意味を持つ。この字の「方」は、両側に柄《え》の張り出した鋤《すき》を描いた象形文字だそうで、「女＋方」で、手を両側に張り出して立ちはだかり、女性に近づかせまいとする意を示しているのだという。

つまり、もともとは女性の父親とか保護者とか、その女性を愛《いと》おしく思い、大切にしたい誰かが、彼女の安全や操《みさお》を守ろうとしている意味の文字らしい。それが、もしかすると女性本人には迷惑な話なのかも知れないし、単に恋路を邪魔されていることになるのかも知れないが、とにかく、その女性に近づこうとするものにとっては、「誰か」が間に立ちはだかって邪魔をしているという構図の、非常に迷惑な文字なのである。

今、多くの女性にとって「方」となり、外界と隔てたり、幸福な道への「妨げ」となっているものは、彼女を守ろうとする存在でも、社会の規範や枠組みなどでもなく、実は彼女自身の内側からしみ出した、未成熟で自己本位な感情なのではないかという気もしてくる。また、本当の意味で自分を大切にしていない、自分を見ていない可能性も大きいと思う。つまり、女の敵は往々にして女であると言われるが、もっとも妨げになり得るのは、もしかすると自分自身なのではないか、ということである。

―コンビニの功罪―

引っ越しをして半年近くが過ぎた。住まいが替われば、当然のことながら環境が変わる。それによって生活にも変化が生まれる。私の場合、今回の引っ越しでいちばん大きく変わったことは、まず食生活。この何年か、忙しさにかまけて外食や出来合のものばかりで済ませてきたのを、これを機に可能な限り以前のリズムに戻して、出来るだけ台所に立つことにした。

とはいうものの、この五、六年もろくなものを作らずに暮らしていたのだから、自分でも驚くくらいに勘が鈍《にぶ》っている。味つけがぴたりと決まらない。要領が悪い。冷蔵庫を覗《のぞ》いても、何を作りたいかなどということが思い浮かばない。ああ、もう面倒だ。こんなことで悩むくらいなら、ちょっと行って買ってきてしまおうかと、すぐに弱気になる。何しろ、巷《ちまた》には惣菜《そうざい》屋が溢《あふ》れている。彩《いろど》りも鮮《あざ》やかに、焼き魚から生春巻き、ゴーヤチャンプルからきんぴらゴボウまで、何だって揃《そろ》っているのだ。心がグラつくのも無理もない。白状してしまえば、未《いま》だにそういうものに頼ることも少なくないのである。けれど、必ず後悔する。ああ、また味気ない食事になったと、がっくりくる。だから、少しでも時間と気持ちに余裕がある日には、やはりせっせと袋を提げてスーパーに行く。

おまけに、これは有り難《がた》いことといって良いのかどうか分からないが、新しい住まいには至近距離にコンビニエンスストアーがない。少し歩けば二軒ほどあるのだが、そのどちらにも、私はどうもなじめないのだ。だから、コンビニ弁当を食べる機会がまるでなくなった。以前の住まいは至近距離に気に入ったコンビニが多かったので、ついつい足を向けることが多かった。一時は、何軒かのコンビニの弁当のすべてを把握していたくらいである。だからつい先日、かつてなじんだコンビニのチェーン店に立ち寄ったら、弁当に新メニューが続々と登場しているのを発見して、妙に動揺してしまった。ああ、もう追いつけないとも思ったし、何だか悔《くや》しい気分にもなった。そして、はっと我に返った。

「もう、毒されてる。これは、いい傾向なんだから」

コンビニ弁当から遠ざかって淋《さび》しがっているようでは困ると自分に言い聞かせたくらいである。

る。そうして台所に立つ回数を回復しつつあるのだが、それにはもう一つ、わけがある。これもまた何年か前までのリズムに戻ったといえばそれまでなのだが、来客が増えたのだ。人の出入りが多くなれば、水一杯で帰すわけにもいかないから（中には本当に水一杯で帰った人もいるけれど）、やはり何か用意することになる。以前は、こんなに味つけで苦労することなどなかったのにと思いつつ、とりあえず格好《かっこう》だけでもつけなければと四苦八苦。せめて皿数だけでも増やせるように、あれこれと悩む。我ながらいじらしいくらいである。

場合によっては前日、前々日から、そうやって準備し始めていた料理が好評なときには、だからほっと安心する。実はいちばん気合いを入れたものよりも、ちょっと手抜きで作ったものの方が好評だったり、自信の一品よりも苦し紛《まぎ》れに出した前日の残り物の方が喜ばれたりと、意外な展開が生まれもするのだが、友人知人たちが旺盛《おうせい》な食欲を見せながら、よく笑い、よく喋《しゃべ》り、リラックスしているらしい様子を見るのは良いものだと思う。やれやれと、疲れはするけれど、気分は悪くない。

「女」に「喜」と書いて『嬉』という文字になる。「喜」という文字は、さらに分解すると「壴」と「口」になり、「壴」はご馳走《ちそう》を盛ったさまを表し、「口」がつくことによって、賑やかに笑って食事することを示すという。なるほど、賑やかに笑って食事することが「喜」につながるというのは、いかにも分かりやすい。つまり「嬉」という文字は、女性と楽しみ、または女性たちが賑やかに笑いあっている意味となるということである。だから我が家に友人知人が集まって、料理を頬張《ほおば》り笑いあいながら過ごすひとときというものは、文字通り「嬉」につながるというわけである。実際、用意した食事が喜ばれ、大皿も大鉢も、綺麗さっぱり空になっていくのは、何とも嬉しいものだ。

「嬉しい」という感覚は、求めれば簡単に味わえるというものではない。誰だって嬉しがりたいものだし、その時の気分が最高であることも知っている。出来ることなら毎日でも、そんな感覚を味わいたいだろう。だが、期待すればするほど、本当の「嬉しさ」はやってこないことになっている。まるで逃げ水のように、結局は幻のように消え去ることも少なくはない。嬉しさというものは、常に思いがけないところから、実にさり気なく、するりとやってくるもののような気がする。つまり、どうやっても自分一人の力で意図的に生み出せる類《たぐい》のものではないのだ。むしろ、自分の意志の及ばないところから、まるで期待もしていなかった贈り物のようにやってくる、そんな感覚かも知れない。だからこそ貴重なのだし、忘れ難《がた》い。

こんな嬉しさを知っていると、日々は愛《いとお》しくなり、もう少し頑張《がんば》ってみようかなという気持ちが生まれる。そうでなければ私だって、何も忙しい合間を縫って、四苦八苦しながら鍋をかき混ぜたりはしたくない。集《つど》う人々の笑顔が見られれば嬉しいと思うし、思いがけない話が飛び出して、皆で笑い転げることが出来ればなおさら良いと思うから、せっせと買い出しに歩くのである。そして、そういう時のために、日頃からあまり手抜きをしないようになる。結果として、自炊の回数が増えていく。

そんなことを考えているうち、一つの光景を思い出した。新居に引っ越す以前の、あるコンビニエンスストアーでの光景である。確か日曜日の夕暮れ時だった。どれほど空腹でも自分で作ろうという意欲のまるでなかった私は、例によってよろよろとコンビニを頼っていった。すると、そこには先客。母親が二人の子どもを連れている。上の子は小学三年生くらいの男の子。下の子は一年生前後だろうか、女の子だった。こういう組み合わせは、コンビニの弁当売場ではかなり目立つ。

「何でもいいから、好きなもの買いなさい」

弁当や惣菜が並ぶ陳列棚の前で、母親が無表情に言った。二人の子どもは、無表情という点で母親によく似ていた。彼らはそれぞれに棚を覗き込み、ウロウロとし始めた。その間に母親自身も、さっさと何か選んでいる。

「お母さん、コロッケとハンバーグと、どっちがいいかな」

数分後、上の子が母親に言った。その時、母親は子どもに背を向けて雑誌のコーナーに向かおうとしていた。既に自分が食べる分の弁当と惣菜はバスケットに入れて、彼女は後ろ姿のままで「どっちでもいいじゃない」と言い捨てた。

「じゃあ、――両方」

「いいけど、あんた、食べれんの？　残したらイヤなんだからね。知らないから」

息子は、もう返事をしなかった。その間も妹の方は一人で黙々と品定めをしている。二人の子どもは、それぞれに料理の詰められた容器を手にとっては戻し、考えては他のものをとって、いつまでもぐずぐずとしていた。いくらコンビニ弁当でも、初めての経験ならば、もう少し嬉しそうにしているはずだと思った。だが、幼い二人の無表情からは、「もう飽きた」という雰囲気が強く伝わってきた。私は自分のことは棚に上げて、何とも寒々しい気持ちになった。日曜の夜だというのに、この子たちは一人一人が勝手なものを、もしかすると容器も移さずに、適当に食べて過ごすのだろうかと思ったら、いたたまれない気持ちになった。

あの家族はたとえ一つの食卓を囲んでいたって、皆で「美味しいね」などと笑いあうことなどなかっただろう。会話が弾《はず》んだとも思えない。幼い子のそんな食事の風景は、一人でテレビを相手に食べる食事などより、さらに侘《わび》しく、そして淋しい。もちろん、事情はあるのだろう。父親の影はない。母親は忙しかったのかも知れない。だが、それならせめて家族で同じものを食べて欲しかった。そして、「これはまずいね」「こっちは、まあまあかな」などと話し合って欲しかった。そうでなければ団らんは生まれない。子どもたちにとって家庭の味がコンビニ弁当の味になってしまう。食事など、楽しくも何ともないものになることだろう。

もしかするとあの時の母親は、自分の手料理が家族に喜ばれる嬉しさというものを、もうすっかり忘れてしまっていたのかも知れない。無論、最初から知らない場合だって考えられなくはない。だとすれば、悲劇の根の深さにため息が出るばかりだが、とにかく彼女は、自分が作った料理を、にこにこと笑いながら食べる子どもたちを眺める嬉しさや、鍋が空っぽになる嬉しさといった、そんなささやかなものからすっかり遠ざかってしまっていたのだろう。だから余計に「面倒だ」という思いが先に立つ。作らなくなる。子どもたちは喜ばなくなり、心は離れていく。悪循環が始まる。

故意か偶然かは知らないが、とにかく彼女は、便利さとひき替えに、ささやかな嬉しさを得る、もっとも簡単な方法を捨て去ったのに違いなかった。そういう人には、もうそれ以上に大きな嬉しさは、やってこないかも知れないという気がした。そして、そんな母親に育てられる子どもたちも、団らんや家庭の味や、本当の美味しさというものを知らないまま育ってしまうのかも知れない。そう考えると大好きなコンビニも、手軽なあまりに家族から「嬉しさ」を奪い取る、怖い存在に思えてくるのである。

―バブルがはじけて……―

毎日、外に出ているわけではないし、いわゆる普通のサラリーマンなどとは異なるリズムで生活している私だが、それでも、世の中やっぱり不景気なんだと思う瞬間は、色々とある。週末の深夜だというのに、銀座や新宿界隈《かいわい》に、タクシーの空車が溢《あふ》れているとき。別荘地をドライブしていると、売り地という立て札がやたらと目につくとき。一度行ってみたいと思いつつ、なかなか入るタイミングを摑《つか》めずにいた店が、ある日突然、消えてしまっているとき。銀行の支店が減ってきたのを実感するとき。ふと見ると、求人情報誌が薄っぺらくなっているのを発見するとき。中でも、行きつけの飲み屋から不倫のカップルが減ったことが、妙にリアルに「ああ、景気が悪いのだ」と思わせる、一つのバロメーターになった。

それこそバブル景気の頃など、その店は明らかに不倫と分かるカップルで溢れかえっていた。特に高級というほどではないが、安くはない。子どもが入る雰囲気の店ではない。店内は清潔で明るく、食べさせるのは新鮮な魚をはじめとして、少しばかり気の利《き》いた料理である。日本酒の品揃えは、それなりに誇っても良いくらいで、スタッフは押しつけがましくなく、聞けば答える程度の距離感で、酒の知識を披露《ひろう》する。つまり、ひと言で表現するなら親父好みの店なのである。

そして当時、そんな店にやってくる親父の多くが、女性連れだった。一見すると上司と部下だったり、取引先の関係らしかったり、または夫婦らしく見えたり、様々である。けれど、少し観察していると、微妙に変化が現れてくる。互いの視線や、身を置く距離、酔いが回ってくるに連れ、互いの身体のどこかに触れる頻度。すべてが、「粘っこい」のだ。

実に悪趣味な話なのだが、私はそういう人たちを見ているのが大好きときている。自分の連れとの会話など、もう上《うわ》の空で、ひたすら、そんな二人を盗み見ては、職業や関係、つき合い始めてからの時間などを好き勝手に想像する。そして自分の連れにも、そのゲームに参加させる。

「女性の方は、バツイチって感じかな」

「そうそう。小学二年生の男の子がいて、木造モルタルのアパートに住んでる」

「男は？」

「あれはもう、間違いなく雇い主。金に汚そうな男だよねえ」

「だからマンションには住まわせてくれないんだ。いつまでもモルタルアパートで」

「ケチだと思うよ。戦後のどさくさで、結構苦労して育ってるって感じだし」

「だったら愛人なんか持たなきゃいいのに」

「まあ、それが男の甲斐性《かいしよう》だとか思ってるんじゃないの？　彼女が気に入ってるっていうより、愛人がいるっていう、その状態に満足してる感じだなあ」

ご本人たちが聞いたら、激怒を通り越して訴訟ものである。だけど、本当にそう見えるのだから仕方がない。女のこめかみの辺りに漂《ただよ》う諦《あきら》めと疲労感、男の下卑《げび》た笑いと手首の金ぴか時計。そんなものたちをチラチラと眺めながら、想像力は酒の勢いも手伝って、火砕流なみに膨《ふく》らんだものだ。

別に、バブル成金の下卑た男だけではなかった。当時は、ごく普通のサラリーマンに見える人でも、服装や雰囲気から、明らかに銀行員らしい人でも、「彼女」を連れている親父は多かった。何だ、結局、見た目はどんなに真面目そうで、どれほど堅い職業についていても、オトコなんて所詮《しよせん》そんなものなのねと、つい鼻を鳴らしたくなるくらいに多かった。五十代くらいの、まあ余裕綽々《しやくしやく》に見える男性が、自分の娘のような女の子に張りつくようにして、酒を飲ませ、酔わせて、ニマニマと笑いながら、あまり長居もせずに寄り添って店を出ていく姿を、どれくらい見たことか。

ところが、ある時期から、何となく雰囲気は逆転していく。女の子が強くなり始めた。親父は元気がなくなり始め、世の中には不景気の暗い雲が広がり始めたのである。そんな頃には、こういう二人連れを見かけた。明らかに不倫。でも、他の人たちとはどこか違う。よくよく見ると――。

「間違いないって。妊娠してるんだわ」

私は、その時の連れに囁《ささや》いた。隣から「あ、本当だ」という声が返ってくる。

「それでか。あの自信たっぷりの表情」

「男の方は、形勢不利だねえ」

「はめられたって感じかな。ほら、わざと子どもを作ってみせる女がいるでしょう」

「いかにも、離婚を迫られてる感じかなあ」

女性の方は二十代前半。まだ少女の面影《おもかげ》が残っているような感じの人だった。ふわりとしたワンピースを着ていたが、その腹部は明らかに大きくなり始めていた。五カ月か、六カ月か。男性は四十代後半か五十歳前後。あまり頼りがいもなさそうな、気の弱そうな感じだ。左手にはプラチナの指輪が光っている。当然のことながら、女性の指には、そんなものは光っていなかった。

若い女性はアルコールは一切飲まず、とにかく旺盛な食欲を見せていた。時折、口に食べ物が入っている状態で何か言う。男性は黙ってその言葉に耳を傾けながら、こちらは料理にはほとんど手をつけずに、黙々と酒を飲んでいた。その背中がだんだん丸くなり、肩がどんどん落ちていく。一方の女性は、あくまでも澄ました顔で、徐々に背を反《そ》らし、時折、お腹を撫《な》でるような仕草をする。二人で向き合いながら、何と対照的な、何とちぐはぐな雰囲気をまとっていることか。

「そんなに必死になって人から奪うほど、いい男でも何でもないじゃないね」

「意地になっちゃったんじゃないの」

「男も馬鹿だよねぇ。もう少し、相手を選べばよかったのに」

「いやあ、あれは妊娠した途端《とたん》に変わるタイプなんじゃないかな。それまでは、おとなしくて可愛い、ただ素直な子だったんだ」

「そういう子に限って、開き直ると怖いからねえ」

「それそれ。高《たか》をくってたんだね」

人ごとながら、おまけに、こちらの勝手な想像でありながら、思わずため息が出たものだ。そして、バブルは崩壊し、その店に不倫カップルはほとんど現れなくなった。最後にそれらしい二人連れを見かけたときには、女性の方が「いくら出せるの」とはっきりと聞いていた。男は憮然《ぶぜん》とした表情になっていたが、やがて帰るときには「ワリカンな」と言い、そのひと言で、すべての終止符を打っていた。

『妾《めかけ》』という文字がある。上の「立」は「辛」から来ており、「辛」という文字は、入れ墨をする刃物で、捕虜や罪人に入れ墨の印をつけることを示すという。つまり「妾」とは、「辛＋女」で、入れ墨をした女奴隷を指す文字だそうだ。その後、「妾」は女性を卑《いや》しめていう言葉になった。

私が子どもの頃は、まだ「お妾さん」という人がいた。我が家の隣にも、それらしい女性が住んでいた。家の半分に女子大生を何人か住まわせ、自分は真っ白いスピッツを飼っていた。当時で四、五十代だったと思うが、肌の白い綺麗な人で、小学校に入りたてだった頃の私をよく可愛がってくれた。

その家には時々、身体の大きな、髪の白い、とても立派な男の人が来ていた。サラリーマンなら働いているはずの日や不思議な時間に、その紳士は風呂に入ったり、浴衣《ゆかた》で庭に出たりしていた。私はその家のスピッツが大好きだったし、子どもの気安さで、普段はよく遊びに行っていたが、一応は「おじさん」と呼んでいた、その男の人が来ているときには、何故《なぜ》だか行ってはいけないような気がしたものである。

「お隣のおばちゃん家《ち》には、黒い下着が干してあるんだよ」

ある日、隣家から帰って母に報告すると、母は少し困った顔をして、恐らく、あの人は素人《しろうと》ではなかったのだろうというようなことを言ったと思う。素人、という言葉の意味が分からないのだから、何のことだかさっぱり理解出来なかったが、とりあえず、我が家には黒い下着をつける者はいなかったので、「うちとは違う」お宅なのだろうと思った記憶がある。

ある時、「おじさん」が倒れた。車が来て、慌ただしく「おじさん」を運んでいって、それきりになった。少しすると、隣家からは下宿人が消え、可愛かったスピッツも姿を消した。お洒落だったおばちゃんは、近所にお金を借りて歩くようになった。母も、一度は貸したが「二度目はねえ」とため息をついていた。最後に、おばちゃんもどこかへ行ってしまった。

今にして思えばはかない話である。おばちゃんは、まさか、あんなに早く自分の旦那が急死するとは思っていなかったのに違いない。せめて家の名義だけでも変えておいてもらえれば良かったのだろうが、恐らく本宅に見つかってしまったのだろう。

あの当時の、家からも滅多《めった》に出ず、ただ待ち暮らすばかりの「妾」の姿というものは、今ではもうほとんど見られないはずである。最近の女性は、まず大半が待たない。どんどん外に出て、自分で働き、生活を成り立たせる。それはそれで喜ばしいことに決まっている。だが、「愛人」でも「不倫」でも「援助交際」でもなく、「妾」という言葉が生きていた頃の方が、何故《なぜ》だかもう少し潤《うるお》いがあり、風情《ふぜい》があったような気も、しなくはないといったら、怒られるのだろうか。

―笑えない―

友人が、職場の女性のことで悩んでいる。と、いうよりも、まあ、当惑している。

その女性・T子は三十一歳。東北の高校を卒業すると同時に上京し、現在も勤務している会社に就職した。業種はいわゆるアパレル関係、若い女性向けの服を製造販売している会社だ。彼女も新入社員の頃は、ショップでの接客から始めた。その後、会社が費用を出してくれて、専門学校で商品ディスプレイなどを学び、現在は、ディスプレイ担当主任として働いている。

「あ、びっくりしたぁ!」

そのT子が、ある時、仕事中に頓狂《とんきょう》な声を上げた。傍《そば》にいた私の友人は、何事が起こったのかと驚いたという。するとT子は、自分の手で顔の下半分を隠したまま、くるりと彼の方を振り返って、こう言ったのだそうだ。

「今、こうして鏡を見たら、そこに○○ちゃん(有名タレント)がいるのかと思っちゃった!」

友人は一瞬、言葉に詰まった。リアクションの仕方が分からなかったのだ。だって、どこをどう見たって、たとえ顔の下半分を隠していたって、T子は○○というタレントになど、ひとかけらも似ていないのだという。冗談で言っているのなら、「またまた、T子さんは」と笑い飛ばすことも出来ただろう。実際、私の友人も、思わず顔をほころばせかけたらしい。だが、その段階で思いとどまった。手のひらからはみ出ているT子の目が、真剣そのものだったというのだ。とっさに、彼女は本気だと、思わざるを得なかった。

また別の日、数人の仲間とファッション雑誌をひっくり返して眺めている時、表紙を飾っているモデルの話になった。やはり△△（モデル）は脚が長い、スタイルはピカイチだ、この写真はことに色っぽく撮れている、などという話をしている最中に、「あらっ」という声がした。振り返るとT子である。

「なに？　私の話？」

その場にいた全員が口を噤《つぐ》んだ。だが彼女は、話題に上っていた雑誌の表紙を眺めて、再び言い放ったという。

「あ、なぁんだ、△△か。私、よく似てるって言われるのよ」

言うまでもない話だが、T子は○○にも似ていないのと同じくらい、△△にも似ていないのだそうだ（第一、○○と△△とは、まるで異なるタイプの美人である。客観的に話を聞いていても、その、いずれにも似ているということ自体が、考えられない）。だが、本人は大真面目。友人も最初は信じられなかったらしいが、周囲の女子社員などに聞いてみると、誰もが口を揃えて「本気なんですよ、あれ」と答えた。

「何、その子。どうしちゃったの」

話を聞いていて、私はぽかんとなった。

確かに昔から、その時代によって人気のあるアイドルやタレントに、少しでも自分を近づけたいと思う人たちというのは存在した。顔はいじれないにしても、髪型だけでも真似《まね》をしては、嬉しがっていたものだ。巷《ちまた》には、後ろ姿だけの山口百恵《やまぐちももえ》や松田《まつだ》聖子《せいこ》や安室奈美恵《あむろなみえ》が溢れかえる時があった。何も女性に限ったことではない、男性だって、髪型はもちろん服装や口調や、色々な部分で「かっこよさ」のお手本を追いかけてきた。けれど、本当は現実を知っていた。だから、やがて自分に戻っていった。

「それに、彼女の場合は、他にもあるんだ」

友人は、ため息をつきながら話を続けた。ある日、仕事の帰りに仲間たちとカラオケに行った時のことである。

「Nさんて、どんな歌が好きなんですか？」

T子に尋《たず》ねられて、友人は好きな歌を何曲か挙げたらしい。

「じゃあ私、歌ってあげますよ」

T子はにっこり笑いながら、そう言ったのだそうだ。ここでも私の友人は呆気《あっけ》にとられなければならなかった。好きな歌を尋ねられて、「歌ってあげます」と言われたのは初めてだったからだ。私だって、誰かに「歌って」とリクエストしたことはあっても、そんなことを言われた経験はない。

「で、これが下手なんだ。ムカつくよ」

「要するに、彼女はあなたのことが好きなんじゃないの？　気を惹《ひ》こうとしてるっていうことなんじゃない？」

「皆にも、そう言われるんだ。だけどさ」

彼女がそういう態度をとるのは、べつに彼に限らないのだという。要するに、特に気を惹こうとしているつもりはないらしい。それに、実は彼女は次の三月で会社を辞めることになっているのだそうだ。理由は結婚。私はつい「なあんだ」と言いかけた。ところが、これにも裏があるというのである。

ある時、T子の下で働いている女の子が、今度の春で退社して専門学校に行きたいと言い始めた。まだ二十代の前半の彼女は、以前からの夢が諦めきれず、改めて美容師を目指したいと決心したのだそうだ。そのことをT子に相談したところ、何と翌日になってT子自身が、会社に辞表を提出したというのである。大して大きな会社ではない。一つのセクションから二人の人間が同時に辞めては、何かと支障が出ることになる。

結局、若い後輩は会社を辞められなくなってしまった。勝手に辞めてしまえば良いとも考えたらしいが、田舎から出てきてからは、ずっと会社の寮に住み、色々と世話にもなってきた以上、迷惑はかけられないと諦めた。私の友人に泣きながら、「もう一年我慢することにしました」と話したらしい。

つまり、後輩の夢をつぶすために辞表を提出したT子だが、実は、結婚相手などないはずだというのである。

「じゃあ、どうするんだろう。この不景気に、そう簡単に再就職なんて、出来ないんじゃないの?」

「知らないけどさ。とにかく全然、分からないよ、あの女は」

特に仕事が出来ないわけでもなく、トラブルを起こすタイプでもないが、何となく周囲を居心地悪くさせてしまう、そんな人なのだそうだ。だから、理由はどうあれ、本人が辞めるというのなら、「勝手にすれば」ということになってしまうという話だった。私は、会ったこともないT子の心情を考えて、何となく暗い気持ちになった。

高校を卒業したばかりの頃は、まさか彼女だって、三十過ぎまで独身で、ひたすら同じ職場で働き続けている自分など、想像もしていなかったのに違いない。憧《あこが》れの東京で、しかも華やかなイメージのあるアパレル業界で働けることになった時の喜び。ディスプレイの勉強をさせてもらえることになった時の、新しい可能性を発見出来る、センスを磨《みが》けるチャンスだと思ったに違いない嬉しさ。だが、そこから先が続かなかった。その後には何のドラマも起こらなかった。それが現実だろう。

本当は、彼女はもっと違う「何か」になるはずだった。少なくとも、自分ではそう思っているのではないだろうか。人々の注目を集め、賞賛を浴び、喜ばれ、感謝され、求められて、たとえ去ろうとしても「行かないで」と慰留されるような、そんな存在に。

『妄』という文字は、「モウ」「ボウ」と読み、「みだり」「うそ」「でたらめ」「好《い》い加減に」「根拠もなく」などという意味がある。文字として見ただけで、何となくぞっとする、それだけで恐怖を呼び起こす文字である。妄想、妄執《もうしゅう》、妄信と、この文字がつく言葉には、常軌《じょうき》を逸《いっ》し、髪を振り乱さんばかりに荒れ狂う女のイメージがつきまとう。理解不能。近づかない方が身のため。関わりたくない。文字だけで、そう思わせるほどの、ある種の魔力さえ持っていると思う。

だが、「亡＋女」から出来ているこの文字は、正確には女性に心がまどわされ、我を忘れた振る舞いをすることを示すのだという。「亡」は「ない」「くらい」などの意味を示す。つまり、「妄」という状態になるのは、本当は「男」だということになる。

それでも、どうしても女が妙な精神状態になっていくさまを示しているような印象になってしまっている、ちょっと損な文字である。

それはともかく、T子という人は、話を聞いた限りでは、まさしく「妄」な人ということになる。

都会での一人暮らしは孤独なものだ。いくら賑やかで変化と刺激に満ち、可能性は石ころのように転がり、面白いことといったら色とりどりのネオンサインのように無尽蔵に垂れ流されていると思っていたって、実際には、日々の暮らしは堅実でなければならず、さほどの刺激も喜びもなく、劇的な未来など、いくら待っても自動的に開けるはずもなく、気がつけば時ばかりが流れていく。

ある時期まで「夢」と呼んでいたはずのものが、どこかから「妄」になってしまったのかも知れない。「こんなはずではなかった」という気持ちが芽生《めば》えた時から、恐らく彼女の中の「妄」も、共に育ち始めたのかも知れない。

T子を笑い、気味悪がり、または非難することは、恐らく出来ないと思う。なぜなら、そんな思いでいる人は、実は少なくないはずだからだ。ただ、「妄」を育てるには、本人の性格にプラスして、恐らく条件が必要なのである。それは、たとえば孤独と不満、発酵した夢といったところだろうか。ある土壌のあるところに、飽和状態の条件が揃って初めて「妄」は発芽してしまうのかも知れない。

―「男っぽい」の罠《わな》―

私はホント、まるっきり男っていうか、昔っから、そうなの。だから、何も気にすることなんかないのよ。私が女だなんて、これっぽっちも思わなくていいから。もうねえ、何ていうの？　女特有のベタベタした感じっていうか、ああいうの大っ嫌いでね。とにかくサッパリ、スッキリいきたいわけよ、何事も。ホント、私って男なんだから。

こういうことを言う女性がいるものだ。確かに、一見すると笑い方は豪快で、話し方も明瞭、煙草《たばこ》だってかなり堂に入った吸い方をし、酒も強かったりする。すべてにおいて確かに男なみ。時として小柄で華奢《きゃしゃ》だったりもするのに、タフなイメージさえ強調したりする。

こういう女性を相手にすると、男性は気が楽になるものだろうか。ああ、良かった、余計な気兼ねをしなくても済みそうだ、あれこれと話題を選んだり、言葉遣《づか》いに気をつけたりせず、男同士のようなつもりでいて良いのだと、安心したりもするのだろうか。

だが、大抵《たいてい》の女性なら知っていることがある。「私は男っぽい」などという言葉を、自分から、しかも異性に対してだけ口にする女性というのは、実際は往々にして、その正反対の性質の持ち主なのである。一見すると竹を割ったような印象でも、中味は餅《もち》をついたようなタイプ、粘着質、べったり、ドロドロ、なんていうことも珍しくない。つまり、男性に対してだけ「自分は安全なんですよ。さあ、近づいていらっしゃい」と罠《わな》を仕掛ける食虫植物のような女性がいるのである。そして、近づいてきた相手が油断している瞬間を見逃すことなく、絶妙のタイミングを見計らって、「ちろり」と女の部分を見せる。小さなため息だったり、一粒の涙だったり、乙女《おとめ》のような恥じらいだったり。どきりとなった次の瞬間には、もうぱくり、である。

大体、本当にサッパリしているタイプの女性は、自分が男っぽいか女らしいかなどということにさえ興味がない。だから、そんなことは口にもしない。このことを、多くの男性は意外に気づかずにいるようだ。食虫植物系に捕まった男性は、その後になって、彼女の本当の女っぽい部分を嫌というほど見せつけられることになる。ただ、それが男性にとって幸福なことか、不幸なことかは分からない。外では肩肘を張っていても、自分にだけは素顔を見せるのだな、などと、しみじみ感動するも、悦に入るも良し、思っていたのと違うではないかと、慌《あわ》ててもがき苦しみ、這々《ほうほう》の体《てい》で逃げ出すも良し、である。

さて、ここにE子さんという女性がいる。彼女も、言うならば正真正銘の食虫植物系の人である。齢《よわい》七十一歳にして食虫植物。これはすごい。何しろ年季の入り方が違う。昨日今日の駆け出しには、とてもかなわない。どのくらいすごいかというと、彼女のことを本当に「男っぽい性格」だと信じ、だから、裏表も何もなく、まさしく竹を割ったような性格だと信じ込んでいる男性しか、周囲にいなくなってしまったくらいに、すごい。

E子さんは独身。今もある団体で活動している現役である。ここ数年、彼女は「私は男なんだから」という言葉と同じくらい「八十歳までの生活費は、もう貯《た》まったから」と言うようになった。

生《お》い立ちについては、詳《くわ》しいことは分からない。だが、若い頃は、それなりに美しく、頭脳も明晰《めいせき》だったそうだ。肉親の縁は薄い人だったらしい。要するに才色兼備で、少し薄幸。戦中戦後のもののない時代に青春を過ごし、時代の荒波に揉《も》まれながら、必死でもがいて生きてきた。そんな時に、いわゆる足長おじさん的な人が現れた。若く、有能で、しかも身内のない彼女を、何とかしてやりたいと思ったのだろう。娘を持たなかったその人は、E子さんを可愛がった。その人以上に、彼の妻が、E子さんの世話をしたともいう。

夫婦はある団体を作っていた。E子さんは、半《なか》ば拾われるような形で、自分もその団体で仕事をするようになり、やがて、夫婦が所有していた共同住宅の一部屋をあてがわれて、そこで暮らすようにもなった。

近頃では、滅多に聞かないような美談である。身よりのない貧しい娘が、妙な下心も持たない親切な夫婦に拾われて、一人前の女性に育っていく。ほとんど昔のアメリカ映画のようではないか。

だが、ここからが違う。

ある時、その団体が内部分裂する騒ぎが起こった。E子さんは、当然のことながら大恩ある親代わりの夫婦を支えるだろうと思われた。だが、違っていた。彼女は離反者の側についたのである。なぜか。当時、彼女がつき合っていた男性が、離反者の側にいたから。だが、結果的には、離反者の目論見《もくろみ》は失敗に終わった。団体を乗っ取れなかったのである。当然のことながら、敗北者は去らなければならない。E子さんも去っていくかと思われた。ところが、彼女は去らなかった。責任のすべては、つき合っていた男に押しつけて、自分は「だまされただけ」と主張することによって、居座ったのである。

親代わりの夫婦は、彼女の主張を受け容れた。我が子のように可愛がってきたE子さんである。信じ続けたかったに決まっている。彼女は、単に男にだまされただけ、利用されただけということになった。平穏な日々が戻った。E子さんは再び「私は男だから」と言いながら、少し数を減らした仲間たちと過ごした。

食虫植物系の女性は、決して異性関係にだらしがないというわけではない。むしろ、その逆で、一度捕まえた男性は、滅多なことでは手放さず、しっかり、ぴったりくっつくタイプといえるかも知れない。E子さんの場合も、七十年あまりの人生の中で、ある程度の関係になった男性の数は、決して多くはないという。ただ、彼女の場合、その何人かの男性との出会いのすべてが、前述の場合と同じように、必ず誰かを裏切り、傷つけることに繋《つな》がった。

何よりも彼女自身が、百八十度変わってしまうことが問題だった。つき合う相手によって、昨日まで白だったものを黒だと言う人の、どこが「男っぽい」のかと思うのだが、E子さんとは本来、そういうタイプらしいのである。せっかく出会えた相手を失いたくない思いからか、もともと自分の考えなどないからか、彼女は特別な関係になった男に対しては、ひたすら追従する道を選んでしまう。また一方で、淋しい生い立ちのせいか、彼女は自分の「城」にも執着しているように見える。完全に自分のものといえる存在、自らが君臨出来る世界を作りたくて仕方がないのではないかと思われる節がある。

それだけに、彼女が男性と共に騒ぎを起こすと、必ずことが大きくなった。何年かに一度、内部分裂は繰り返され、人々は入れ替わっていく。それなのに、どういうわけか、常に旗頭として騒ぎを大きくしていたE子さんその人だけは居残るのである。親代わりの夫婦は頭を抱《かか》えた。E子さんが元凶であることは確かなのだ。べつに養子縁組していたわけでも何でもないのだから、その時点で、「好《い》い加減にしてくれ」と、ほうり出すことだって出来ただろう。けれど、しなかった。情が移っていたことも確かだろう。その夫婦も次第に年老いてきていて、頼りない心地にもなっていたのかも知れない。何よりも、彼らは人が好《よ》過ぎた。

最近、ついに親代わりの夫婦の、妻の方が九十代で他界した。遺産相続の問題が持ち上がり、E子さんにも一室があてがわれていた共同住宅は、相続問題の処理と老朽化を理由に、取り壊されることになった。さあ、ここにきてE子さんはついに本領を発揮した。今度ばかりはつき合う男もいないのに、彼女は立ち退《の》きを拒否したのである。これまで何十年もの間、家賃も払わずに住まわせてもらってきた部屋に対して、自分には居住権があり、もともと、娘同然と言っておきながら、法的な手続きをとってくれていなかったのは故人に責任があると主張し始めた。

E子さん一人のために、建物を取り壊すことが出来なければ大変なことになる。E子さんは裁判も辞さないという強硬姿勢を崩さない。だが、ただでさえ妻に先立たれて、彼女を迎え撃つだけの元気は、もう、かつての足長おじさんには残っていなかった。結局、E子さんの主張を受け容れて立ち退き料を支払ってでも、出ていってもらうしかないと結論を下した。周囲は歯がみして悔しがった。

今、E子さんは莫大《ばくだい》な立ち退き料を手にして都心に豪華なマンションを購入し、「前の住まいは日当たりが悪かったから」と言いながら快適な日々を送っている。「私は男だから」を繰り返しながらの、怖いものなしの日々である。

『妖』という文字は、「ヨウ」「なまめかしい」「あやしい」と読む他に「わざわい」とも読む。意味は、「あやしげなたたり」ということである。もともと「夭」という文字は細く身体を曲げた姿を表し、「女」＋「夭」で、なまめかしくからだをくねらせた女の姿を示すという。この字のつく言葉には、たとえば妖怪、妖気、妖術などと、ただならぬ不気味さを感じさせるものが多いようだ。つまり、あやしげなものには、どこか女が細く身体をくねらせるイメージがあるのかも知れない。だが、中にはE子さんのように「男っぽさ」を売り物にするタイプも少なからず存在することは確かだ。

人生の最終章が近づきつつある今、彼女はその顔に無数の皺《しわ》を刻み込み、確実に「妖」そのものという雰囲気になってきている。

―こころざし―

今日の私は怒っている。

私はメールのアドレスを公表していない。それなのに、未知の人から、実に唐突に、仕事を依頼するメールが送られて来た。他の方の場合は分からないが、私には驚きであり、迷惑であり、ある種の脅威でもある。ひどく無神経に、他人の書斎にまで(メールは書斎で開くのだから)、土足でドカドカと入り込まれたような気分になる。携帯電話に一方的に送りつけられてくる、出会い系サイトなどの勧誘メールよりも不愉快だ。

無論、その類の勧誘メールだって、相当に迷惑ではあるし、費用の点などを考えれば、さらに不愉快この上もないのだが、私という特定の個人宛に送ってくるわけではないと分かっているから、妙な後味の悪さというものは存在しない。だが、私個人に宛てて送ってこられると、たとえ差出人の氏名や肩書きが明記されていることを差し引いても、こちらの頭の中は「なぜ」「どうして」で、一杯になってしまうのだ。

まず、どうしてこのアドレスを知り得たか。当然のことながら、誰かから教わったのに違いない。すると誰が、本人の許可もなく教えたのか。これについては、メールに書かれていなかったから分からない。

それから、なぜ未知の相手に、何の前置きもなく、一方的に仕事の依頼が出来るのか。こちらの都合も聞かずに、それで自動的に原稿が出来上がってくるとでも思っているのだろうか。枚数と締切だけが明記してあって、それだけで仕事が済むとしたら、編集者という仕事は楽過ぎる。

さらに、返事を出さずに放ってある私に対して、なぜ、その後の対策を講じようとしないのか。これでは「駄目もと」でメールだけ出してみたけれど、食いつきが悪かったので、さっさと諦める、釣り堀の客のようである。

と、いうわけで、私は非常に腹立たしい思いをしたのである。それ以外にも、宛先も差出人も明記されていないメールというものが届いたこともある。アドレスを眺め、メールの内容を読んでみて、ようやく誰からのメールかは推測出来たが、これも不愉快だった。この時は、内容の必要性から仕方なく返事を出したが、この場を借りて申し上げておく。未知の方からのメールに関して、私は一切取り合わない。ことに、一面識もないような人から、突然に仕事の依頼などをいただいても、返事のしようがないので無視させていただく。さらに、メールにはせめて署名くらいして欲しい。

本来、人と人とのコミュニケーションは、じかに会って話すのがいちばんだと思っている。それが出来ない場合、昔は手紙だった。やがて電話が生まれて、生の声を聞くことが出来るようになった。さらにファックスが生まれ、ペーパーレスと手軽さから、今はメールが全盛である。

私だって、その時代の流れに逆《さか》らおうとは思っていない。現実に、手紙や電話、ファックスよりも、メールを山ほど利用している。だが、忘れてはならない。手紙より電話、電話よりファックス、ファックスよりもメールの方が手軽で簡単な分、相手に対しては確実に「手抜き」が出来るということを。身支度を整え、靴を履《は》いて、わざわざ出かけていく手間から始まって、季節の挨拶や誤字に気を遣わなければならない煩《わずら》わしさ、時分時や相手の都合・機嫌などを配慮しなければならない煩雑さ、無駄な紙が出ることの面倒、それらがどんどん省《はぶ》かれていっている。それと同時に、「相手」への気遣いも激減しているのである。

私がじかに仕事をする相手は主に編集者である。当然のことながら、彼らは文章を扱うことに関してはプロ中のプロのはずだ。それなのに、配慮を忘れる。手軽さだけを享受して、基本的なことを忘れている人が少なくない。コミュニケーションとは、一方的に自分の都合だけを押しつけることで成立するわけではない、ということが、もう分からなくなっている。中には、他人との距離の取り方そのものが分からない人が増えてきているような気もする。メールの方がずっと楽だと思い、じかに接触することを避けようとする人は、気をつけた方が良い。

私がメールのアドレスを教える相手は、最低でも一度は会ったことのある人である。会って、互いの雰囲気も分かったから、今後の連絡はメールでも構いませんか、という場合にのみ、アドレスを交換する。または、せっかく知り合ったのだし、もっと色々な話をしてみたいですよね、という場合も同様である。つまり、お互いに興味があるから、多忙な合間を縫ってでも、最低限のコミュニケーションは取り合いたいから、ということになる。つまり、相手に対して何らかのイメージが出来上がっており、そのイメージが、たとえ短い文章のやりとりであっても、足りない部分の穴埋めをしてくれる場合にこそ、メールは実に有効なのである。

話は変わるが、つい先日、知り合いのテレビプロデューサーが、こんな話をしてくれた。あるドラマで、ちょっとした役に三十歳前後の女優を起用した。特に売れている人ではないし、役どころとしても大きなものではなかったけれど、それでも台詞《せりふ》はちゃんとあり、きちんと顔がアップで映る役である。

「それが、本当に呆《あき》れたんですが、台詞を一つも覚えてきてないんですよ。カメラが回ったら、カンペを読み始めたんです」

昨日今日の駆け出しというわけではない。これから大女優になる可能性は少ないかも知れないが、それでも、何がチャンスになるか分からない。地道にこなしていかなければならない年齢にさしかかっているはずだった。それが、ワンフレーズも台詞を覚えずに、堂々とやってきたのだそうだ。

「駄目ですね。叱ったって泣きもしない。一応、口では『すみませんでした』と言ってましたが、しれっとしたもんでした」

ドラマは撮影が遅れていて、そんな女優でも、今さら取り替えることも出来ない状態だったという。彼女一人のために何十人ものスタッフが迷惑をする。結局、大幅に台詞をいじり、カットも変えて、何とかその場を切り抜けたそうだ。

実は、そういう女優は意外に少なくないのだという話も他から聞いた。テレビ局や制作会社の、ちょっと偉い人の愛人などに収まっていて、その人の力で時折は適当な役をちょこちょこともらい、何となく芸能界を泳いでいくというタイプである。

「演技になんか、もう大して興味もないっていう感じでね、本当に惰性《だせい》ですよ。あとは、女優っていう肩書きかな、欲しいのは」

最初のうちは、いつかは一枚看板の役者になってみせると、意気込んでいた時代があったのかも知れないのに、いつしか周囲に流されて、最初の志《こころざし》など忘れてしまい、結局は手抜きすることばかり覚えるようになる者がいる。慣れだけで仕事をこなし、あとは適当に楽することばかりを考える。

その話を聞いた時に、私は真っ先に、前述の「メールだけ編集者」を思い出していた。言い訳は、いくらでもあると思う。作家の仕事を中断させたくなかった。他の作家にもそうしている。いちばん無駄がなくて手っ取り早いと思っていた。などなど。だが、その人が本人の許可も得ずに誰かから私のメールアドレスを聞き出して、その件を断るでも詫《わ》びるでもなく、一方的に仕事の依頼をしてきた挙げ句、返事も聞こうとしないという事実は変わることがない。その人は、最初に編集者になった頃の気分を忘れていると、私は思う。

『始』という文字がある。「女＋台」の「台」の部分は、「ム」が鋤《すき》の形を表しており、人間が、鋤を手に持ち、口でものを言うさま、つまり行為を起こす、という意味を含んでいるという。「女＋台」は、女性としての行為の起こり、という言葉で、それは初めて胎児をはらむことに繋がるのだそうだ。つまり、「胎」という字そのものにも、もっとも近いらしい。女性であることの最初の証明とでもいう意味から始まり、それが転じて、広くものごとの始まりを示す言葉になった。

子どもが産めなかったら、女性として認められないのか、などという議論は、この際は置いておいて、とにかく「生命の誕生」から文字通りすべてが始まることを意味した文字ということだ。子どもの頃に習う文字だし、こうして短い文章を書いていても、かなり頻出する文字である。だが、よくよく考えてみると、そんな文字の意味を忘れていることが、少なくないのかも知れない。

最初に何かを始める時、どんな気分で、何をどうしようとしていたか。それを覚えている人と忘れてしまう人とでは、スタートは同じでも、将来になって大きな差が生まれてくるような気がする。別段、職業などには関係ない。結局は、その人の生き方そのものに、大きな影響を及ぼすことになるのではないだろうか。

もちろん人間だから、手抜きをしたいことも、楽をしたいときもあるに決まっている。何から何まで完璧《かんぺき》にこなそうとしていたら、疲れてどこかに歪みが出るのが当たり前だ。だから、たった一つか二つで良いのだと思う。そのことに関してだけは、手抜きをしない。手間を惜しまない。初めの気分を忘れない。それが、あるかないかの違いは大きい。自戒《じかい》を込めて、そう思う。

―ほめ上手―

このところ、立て続けに目にした光景がある。一度は駅の構内で。二度目は近所の銭湯の脇で。そして、デパートの前で。つまり、いずれも人々が頻繁《ひんぱん》に往来する場所で。

「それならそれで、こっちにも考えがあるから」

「いつだって、そうなんだから。煮え切らなくてさ」

「ふざけんなって。考え甘いの、どっちなんだよ」

傍《そば》を通りかかっただけで聞こえてきた怒りの台詞は、すべて若い女性が発しているものだった。そして傍には、彼氏とおぼしき男性。彼らは一様に、ただ黙って彼女の言葉を受け止めていた。つまり、恋人同士の口喧嘩。まあ、考えようによっては珍しくも何ともないのかも知れないが、それでも妙に印象に残った。それは、一方的に怒っているのが、いずれも女性の側だったからである。

「大体さ、あんたにはプライドってもんがないわけ？　女にここまで言われて、腹が立たないの、ねえ！」

　そんな言葉が聞こえてきたら、えげつないとは思いつつ、足は止まり、耳はそばだち、用もないのにその近所をウロウロすることになる。第一、真っ昼間の路上である。見るなと言う方が無理な話だ。

「そんなんじゃ、私たち、うまくいかないね」

　腹を立てている女性の一人は、美しい横顔の持ち主だった。短い髪には柔らかいウェーブがかかり、派手ではないが自己主張のしっかりした印象の服を着こなしている。彼女は腕組みをして、まっすぐに彼氏を見つめていた。途中で煙草をくわえた。

「はっきり言えば。何なの、女の腐《くさ》ったのみたいに。じゃあ、どうしたいわけ！」

「……、……」

「き、こ、え、な、い！　自分の考えでしょう？　もっと、ちゃんと言えばいいじゃないっ」

　彼女の美しい横顔と、うなだれている地味な彼氏とをチラチラ盗み見ながら、単なる野次馬の私は内心でため息をついていた。いや、女性の頼もしさ、凛々《りり》しさに対しては、心から拍手を送りたいとは思ったのだ。背筋を伸ばし、相手を正面から見つめて、きっちりと言いたいことを言う姿勢は、ひたすら格好良いのひと言だった。

だが、その一方で、男性の情けなさが気にかかった。もしも、あの彼氏が、自分の知り合いだったら、友人だったら、または身内だったらと、つい考えてしまったのだ。

「ちょっと、しっかりしなさいよ。そこまで言われて、どうして黙ってるのよ。ほら、男でしょう。何、顔の正面から煙草の煙、かけられてるの」

彼女とは違う意味で、私は見も知らぬ男性に対して、そう言ってお尻の一つでも叩《たた》いてやりたいような、小さな苛立《いらだ》ちを覚えたのである。

他の場面でも同様だった。彼女にやりこめられている彼氏たちは、既にそういう場面に慣れてしまっているのか、それとも相当に鈍感なのか、どこかピンときていない顔で、ただひたすら、サンドバッグのように言葉のパンチを浴びせかけられていた。そして、そういう鈍感な表情や、ひたすら受け身に回る姿勢そのものが、余計に彼女の怒りを買っていることにも、気づいていない様子だった。

昨今、確かに女性は強くなった。言いたいことを言うのは良いことだし、正々堂々と自己主張することは素敵なことだ。だが、それが行き過ぎると、ちょっと見苦しい。正しいと思い、すがすがしさも感じたりする女性の伸びやかさは、実は一歩間違うと、ただ単に可愛いげのない、わがままで生意気な、ひたすら野放図で鼻につくものに変わり果ててしまう危険をはらんでいることに最近、私は気づいたのである。場所もわきまえず、相手を容赦なく叩きのめし、肩で風を切って歩く姿は、たとえ女性の側に分があったとしても、あまり魅力的には見えない。

だが、だからといって、ただ男性に同情し、味方しようとも思わない。大抵の場合、そういう女性の前でうなだれる男性もまた、魅力的には見えないからである。

「つまり、男がだらしないから、こっちがしっかりしなきゃならないのよ」

鼻息も荒く、そう言ってのける女性もいる。確かに一理あるのだが、それでは水掛け論で終わってしまう。

いつだったか、ある年輩の女性が、最近の男性がどうして弱くなったのか、という質問に対して、「それは、世の中が平和になったお陰と、女性が男性をおだてなくなったから」と答えていたことがある。男性というものは、元来は強いものでも何でもない。だが、こと一大事となると命がけで張り切る習性があり、一方で「あなただけが頼りなんですから」などと言われれば、そこで初めて、俄然《がぜん》、強くなるというのである。

「お国のために、女房子どものためにって誉《ほ》められて、おだてられて、皆、戦争に行ったんです。本当なら怖くて仕方がないような場面でも、頼りにされている、責任があると思うとね、見栄でも何でも、わあっていって突っ込んでいくんですよね。それが男というものなんです」

だから、最近の男性が弱くなったのは、頼りにされていると思って「わあっ」と突っ込む場所もなくなり、また、女性がちっとも男性を誉めないから、おだてたり、頼り切ったり（または頼り切っているふりをしたり）しなくなったから、ということらしい。なるほど。何となくうなずける。

世の中が平和なことに越したことはないのだから、それについてはともかく、確かに最近の女性は、男性を誉めなくなったかも知れないと思う。おだてて何かしてもらうくらいなら、自分でさっさと動いてしまった方が手っ取り早いし、楽だと思っている。経済的にだって依存する必要などない場合が増えてきたし、何なら子どもだって自分一人で産んで、育ててみせましょう、という強さがある。つまり、何も今さら、男性のご機嫌をうかがう必要なんか、ありゃしないわ、ということだ。

女性がこうなってくると、元来が怠《なま》け者で弱い男性は、責任感も持たずに済むし、追いつめられることもなく、楽ちんは楽ちん。だけどその代わりに緊張感は失《う》せ、目的意識も持たず、責任感も抱かないままでいるのだから、つまり「男として」とか「男らしさ」などといった意識を磨いていくチャンスは、ますます失われてしまうというわけである。悪循環が生まれる。

女が自立する↓男に頼る必要がない↓だから誉めたりおだてたりしない↓男は張り切る場面がなくなる↓すると弱くなる↓女はがっかり↓女は余計に強くなる

といったところだろうか。

「ホント、いい男っていないわよねえ」
「手《て》応《ごた》えがないっていうか、食い足りないっていうか」
「要するに、へなちょこばっかりなのよ」

女性たちで飲む時など、やたらとこんな会話が聞かれる。だが、もしかすると、男性を「へなちょこ」にしているのは、そう言って嘆《なげ》いている女性たちなのかも知れないということだ。少し前の時代まで、ひたすら夫に従属し、人生を堪《た》え忍んできたただけのように見える女性たちの方が、実は男性の本質を知り、上手に男性をコントロールしていた「達人」だったともいえるだろう。無論、女性そのものの生き方としては、今の方が格段に自由で多彩にはなった。時代としても、平和な方が良いに決まっている。だが、少なくとも周囲に「頼もしい」と感じられる、男らしく、凛々しく見える男性が数多くいたとしたら、その部分では、昔の方が良かったようにも思うのだ。

『媚』という字がある。「媚《こ》び」とは、「なまめいた仕草」「なまめかしさ」を意味し、「媚びる」とは、「なまめかしさでたぶらかす。また、へつらって人の気をひく」などという意味合いになる。「女」+「眉《まゆ》」で構成されている文字だが、女性の細くしなやかな眉が、ほんの小さな動き一つで、いかにも男性の気を惹《ひ》きそうなイメージが浮かんでくる。何とも艶《なま》めかしい、細い眉の下の流し目までが思い描ける文字だ。だが、そんな淫靡《いんび》な印象がある一方、この文字には、他に「みめよい」という意味合いもある。つまり、「顔や姿が細やかで美しいこと」を意味し、これが転じて風景などを形容する場合に「風光明媚」などという表現が生まれている。

一部の女性の中には、明らかにわざとらしい「媚」のワザを延々と繰り出す人もいるにはいるが、それでも昔に比べれば、私たちは全体に「媚」などとは無縁になりつつあるように思う。実際、何もへりくだって媚びる必要などない、自然がいちばんだというタイプの女性が増えたのではないだろうか。だが、もしかするとこれからの賢い女性は、もう一歩、上をいくべきなのかも知れない。あからさまに媚びはせずとも、男性を何気なく、上手に「持ち上げる」くらいのワザは、身につける必要があるのではないだろうか。

「何か、俺、頼りにされてる感じ」

たとえば単純な誤解であったとしても、男性がめでたくそう感じ、そうすることで誇りや男らしさを取り戻し、女性の目から見て素敵だと思えるようになるのなら、結局は、それが女性たちのためでもあると思うのだ。いかにも「馬鹿じゃないの」と言わんばかりに眉根を寄せて、じろりと睨みつけるばかりでなく、もう少し他の眉の表情を工夫してみるのも、さらに賢くなる一つの方法かも知れない。

―招かれざる―

布団丸洗いクリーニング・エステティック用品・ゴルフ場・墓地墓石・健康食品および自然派化粧品・英会話教材・マイナスイオン活性機。さて、これらから何を連想するだろうか。

「奥様でいらっしゃいますか。突然のお電話で失礼いたします。こちら、○○○と申しまして──」

こちらは「奥様です」なんてひと言も言っていないのに、一方的にぺらぺらと喋り出す、そう、電話の勧誘である。中には開口一番「おめでとうございます!」と必要以上に明るい声を張り上げるタイプの勧誘もある。何かの抽選に当たった、何万人の中から選ばれた幸運な人だ、選《え》りすぐりの「あなた様」にだけ、とっておきのお知らせをしたい。などなど。

電話というものは、確かに便利な代物ではあるのだが、先方の都合も分からないまま、一方的に話しかけてしまうという点で、甚《はなは》だ独りよがりで勝手なものでもある。

風呂に入ろうとして半裸でいる時でも、鍋を火にかけている時でも、手洗いに行きかけている時でも、出がけに靴を片一方だけ履《は》いている状態でも、入れ歯を外して歯を磨《みが》いている時でも、知ったことではない。電話のベルは勝手に鳴る。

ただの勧誘などで、向こうもこちらを知らない場合なら、多少ぞんざいな応対をしても、そう嫌な気分を引きずらない。だが、名指しでかけてきておいて、しかも不快な内容だったり、わけが分からなかったりすると、本当に迷惑だ。

「乃南さんと話したいって言ってるじゃないですか」

ひと頃、週に何度かの割合で、昼といわず夜といわず、そういう電話がかかってきたことがある。男は仮にSと名乗った。私には、Sという名にも、その声にも覚えはなかった。だから、留守番の者を装《よそお》った。その上で「ご用件は」と尋ねると、Sは「本人にしか分からないので」といって電話を切ってしまうのだ。私は本人だが、断じて、まるで分からない。その段階で、私の中には警戒ランプがぴかぴか点灯した。

「ですから、ご用件は」

「本人に話しますから」

「本人はSさんを存じ上げないと申しておりますが」

「だから、本人に話します」

「ご用件が分からないと、お伝え出来ません」

「じゃあ、いいです」

そんな押し問答が、何週間か何カ月か続けられた。そしてある日、私が出かける支度をしている時に、Sはまた電話をかけてきたのである。ほとんど片脚だけストッキングを穿《は》いたような状態の時である。またか。私は苛立《いらだ》った。

「ですから、どちらのSさんですか」

「SはSです」

「どういう関係のSさんですかとうかがっているんです」

「どういう関係でもないです。僕は僕なんだから」

こちらは出かける時間が決まっている。だが、Sなる人物は相も変わらずぐずぐずと同じことを言い続けるのだ。私の我慢も、そこまでだった。ついに「あなたねえ」という言葉が口をついて出てしまった。

「一体、何なんですか。何回も何回も。どういうご用件かとうかがっているでしょう」

「だから乃南さんに」

「私は本人ですが、あなたのことなんか知りません」

するとSは言った。しごく落ち着いた声で「初めまして」と。今日、初めて電話をかけたのだと。

「嘘を言わないでくださいよ。何ヵ月も前から電話し続けてきてるじゃないですか」

「まさか。僕は今日初めて電話したんです。どうして、そんなこと言うんですか」

苛立ちを越えて怒りかけていたのだが、その瞬間、背筋が寒くなった。

Sの主張とは、こうである。自分は映画・演劇・文芸の世界で幅広く活動し、活躍している人間なので、乃南アサという人間と芸術について語り合うことが出来る。それは、乃南アサにとって、非常に有意義なものになるはずである。だから、ぜひとも自分たちは会うべきだ。

「でも、私はこんな非常識な方と会うつもりはありません」

少しドキドキしたのだが、思い切って言ってしまった。するとSは、即座に「どうしてですか」と聞き返してくる。当たり前ではないか。Sが私をどれほど知っているか分からないが、私はSのことなど何も知らない。まるで知らない人間から一方的に不気味な電話をかけられて、「僕たちは会うべきだ」などと言われて、誰が喜ぶと思うのだ。

「だって、初めはみんな知らないもの同士じゃないですか」

嫌な食い下がり方をするものである。私はそこで初めてSの年齢を尋ねてみた。二十代の前半だそうだ。前途有望なはずなのに。一体、この青年はどうしてしまったのだろうかと思った。

「それではSさんに一つだけ忠告させてください。どういう世界でご活躍かは知りませんが、それならば、出版社にでもどこにでも、お知り合いがおいででしょうから、まず、どなたかにご相談なさって、そういう方を介して、連絡をつける方がよろしいですよ。突然、見知らぬ人から電話をもらって、しかも何の用件もいわないで、こちらが愉快だと思いますか」

だがSは、まだ出会いがどうの、運命が何の、とぶちぶちと言い続ける。私は出かけなければならないのだ。そして、もう二度と、Sの声など聞きたくもない。決定的な言葉を探さなければと考えていた矢先だった。Sは、自ら愚《おろ》かしい失言をしてしまった。

「だけど、僕がKさんと話をしたいという気持ちはまったく純粋なもので——」

私とは異なる作家の名前を出して、必死で言い訳をしているのである。ははあ。この男は、こうやって誰彼構わず電話をかけまくっているのだと、私は確信した。

「お忘れかも知れませんが、私は乃南です。Kさんとお話しなさりたいのなら、Kさんにご連絡なされればいいじゃないですか」

「え、僕は乃南さんていってるじゃないですか。Kなんて、知りません」

パニックに陥《おちい》りかけているのか、天性の嘘つきか、または、もっと深刻な病か。それからもSは、必死で何か言おうとすればするほど、私をKさんと呼んだ。あれほど何カ月も、しつこく電話を寄越しておきながら、その都度、私の声を聞き、乃南と呼んでおきながら、私が乃南だと名乗ったら、Kさんと混同してしまったのである。

「とりあえず、あなたには社会性がないと思います。芸術家に社会性は必要ないなんて、まさか、考えてないでしょうね。あなたは、失礼にもほどがある。だから、私は会いません。絶対に」

ぐずぐずと言い募《つの》るSに、最後に私は言い切った。今度、こういう電話をかけてくるようなことがあったら、こちらにも考えがあるとも言った。もう、出かける時間が迫っていたのだ。焦《あせ》って焦って、プンプン怒りながら家を飛び出した記憶がある。

『妙』という文字は、普通「ミョウ」と読み、きめ細かい、きめ細かくて美しい、などという意味と共に、巧《たく》み、何となく細かい、若い、などという意味があり、そして一方、不思議なさま、細かくて見分けられない不思議な動き、などという意味も持つ。「女」＋「少」の「少」の部分は、さらに細かく分けると「小＋丿」ということになるが、この「丿」印は、削るという意味を表すのだそうだ。「小さく削る」が、「少」の意味ということになる。

つまり「妙」とは、女性の小柄で細く、何となく美しいさまを示すといわれている文字である。相当に印象の良い文字だし、「妙子《たえこ》」などと人名に使っても、美しい、素敵な文字だと思う。絶妙、妙手、妙案などなど、思いつく言葉もブラボー的な誉め言葉に使われるものが多いのではないだろうか。

だが、その一方で、前述のSのように、思わず首を傾《かし》げたくなるような人物についても、「妙」という言葉が思い浮かぶ。妙な人。珍妙な話。巧妙な嘘。そういう人物の場合、細く削られてるのは神経か思考回路か、はたまた社会とのパイプかは分からないが、とりあえず、周囲は困惑するばかりである。同じ言葉を使っていながら通じないもどかしさ、意図の通じない無力感は、そのまま不安と不気味さとの裏返しになる。そして、首を捻《ひね》るより他にない。

　有り難いことに、それきりSからの電話はなくなった。そして、名前も忘れかけていたら、つい数日前、知り合いの編集者からSの名前を聞いた。やはり私が直感した通り、Sは、その後もあらゆる作家や出版社に電話をかけ、また、時には直接、訪ねて行くというアラワザにも出ているらしい。そして、名前ばかりが知れ渡りつつあるらしいのだ。私など、まだ初めのうちに経験しておいてマシだったのかも知れないという話になった。

「目的は、何なんだろう」

「さあ」

　何となく、ため息が出た。Sは、いつからそんな妙なことになってしまったのだろうか。何か小さな掛け金のようなもの、ボタンのようなものが、それこそ削れてしまったのだろうか。

―ときには、まあまあ―

おさななじみのA子とB子は、揃って自他共に認める不幸な女性である。「自他共に認める」と言い切ってしまうのは少々残酷とは思うが、少なくとも彼女たちは「不幸」を売り物にしているところがあるし、周囲の者たちも、彼女たちの身に何事か降りかかるたびに「またか」と思うので、そういう表現になるかと思う。

さて、おさななじみではあるけれど、二人は決して仲良しではない。ただ、親同士のつき合いが続いているものだから、自然と今も互いの近況を知っているという程度だ。そして、相手の身に何か新しい不幸が降りかかったと知ると、そのたびに、少し嬉しそうな顔になり、けれど、いかにも「やれやれ」といった様子で、ため息混じりに言っている。

「まあ、しょうがないんじゃないの、あの性格じゃあ」

その感想は、そのまま両人に対する周囲の感想でもあった。だから、どちらか一方が、その言葉を口にするたびに、二人のことを知っている友人や知人は、「人のことは言えないのに」と思ってしまう。彼女たちが不幸である最大の理由は、もはや、周囲に諦められている、呆《あき》れられている、または、もう飽きられているという点かも知れない。

とはいうものの、二人の性格は正反対である。鋭と鈍、剛と柔、白と黒、水と油、デジタルとアナログ、陰と陽、北と南、天と地くらいに違っている。

A子は、人のことはとやかく言うくせに、自分のこととなると、まったく主体性がないというか、とにかくすぐに流されてしまうタイプ。それでも、ある程度の年齢までは、友だちが何かすることに合わせて、「あ、私も」とやっていれば良かった。彼女は単独で動くということが、まずなかった。常に誰かと「お揃い」のものを持っていた。だが、成長するに連れて、アルバイトを選ぶのでも、進路を決めることでも、恋愛に関しても就職についても、彼女は迷うことが多くなり、他人に頼り、決断を任せようとするようになった。とりあえず、その時の流行や周囲の勢い、相手がいる場合には、その熱意や意見に流されることになったのである。

「え、だって、皆がそうするって言ったから」

「そんなこと言ったって、誘われたんだもん」

「彼が、駄目だって言うから」

そんな言い訳を、周囲の者は何度、聞かされたか分からない。その結果、やがて彼女に対する印象や評価は、「悪い子ではないけれど」あやふやというか、好《い》い加減で、今ひとつ信用出来ない、というものになってしまった。男からは利用されるばかりで哀れだが、その一方では少しばかり身持ちが悪く、その上、金銭にも無頓着で計画性がない、といった、芳《かんば》しくないおまけもついてきた。

「皆、ひどいよ。人のことを利用ばっかりして、都合が悪くなると逃げていく」

誰かから傷つけられるたびに、A子はそう言って嘆いた。だが、彼女に飽きてしまった男の一人は、「べつに、俺から頼んでつき合ったわけじゃないからさ」とうそぶいた。何でも言うことを聞くし、いれば便利だし、都合が良いからつき合っていたまでだと。第一、いかにも扱いやすい女だという印象を抱いたとも言っていた。人を馬鹿にした、腹の立つ言葉ではあったけれど、なるほど、その通りでもあるから、結局、誰も反論は出来なかった。

いつの間にか、A子の評価はどんどん薄汚れ、情けないものになり、そして、彼女を取り巻く人間関係は安っぽいものになっていった。今、彼女は、昔の彼女を知っている者なら誰もが首を傾げたくなるほど、不釣り合いと思われる男と暮らしている。A子自身は、男の方が五、六歳も年下であることと、長身で二枚目であることを自慢にしている。だが、定職についているわけでもなく、とりたてて何かの才能がある様子も、将来の夢があるわけでもなく、その上、家事を受け持つわけでも、パートで働く彼女を労《いたわ》るわけでもない男などと、どうして一緒にいるのかは、誰もが首を傾げるところだった。若くて長身の彼氏は、ただ毎日、パチンコ屋に通っているだけ。家の生活費の大半は、A子の実家からの仕送りだという。

一方のB子は、何事に関しても譲《ゆず》るということが出来ない。自分の意見が最善最良だと信じているし、自分ほど善良で潔癖で正直で、正義を貫き悪を憎み、純粋で筋の通っている人間はいないと公言するほどである。だが、つまりそれは彼女から見て周囲の人間が、すべて悪人でずる賢く、計算高くて嘘つきで、不潔・不純、でたらめだと言っているのと同じことだった。だから、せっかく親しくなった人間も、じきに彼女から離れていった。何しろ、ちょっとした意見の食い違いでも、悪いのはすべてこちら。B子は絶対に間違っていないということになったからだ。

「どうせ、あなたから見れば、こっちは下らない人間でしょうよ」

彼女から去っていく人間は、男性女性を問わず、大概《たいがい》が似たような台詞を残していった。その都度B子は憤慨し、相手を責め、罵《ののし》り、恨《うら》んだ。そして、一度でも仲違《なかたが》いした相手のことは、決して許すことはなかった。

「あの人は、私を裏切ったのよ。こっちは、こんなにも真剣に、純粋に、相手のことを思えばこそ、一生懸命だったのに」

一つのドラマが終わるたびに、彼女は人間の世の醜《みにく》さを嘆き、人の心のうつろいやすさ、心の貧しさを憂《うれ》えた。B子は、外見は美しくて魅力的だったから、ひっきりなしに新しい出会いがあったけれど、結局、長続きしたものは一つもない。

今、彼女は年老いた両親と三人で暮らしている。一度は嫁いだが、三年ともたずに家に戻ってきてしまった。離婚の原因は、相手の不誠実だという。だが、大学時代からの友人だった元夫の主張は、どうやら違うようだった。離婚したいと申し出たのは、実は夫の方だったというのだ。

「結局、何をやっても彼女を満足させることなんて出来ないんだ。いくら努力しても、足りない。第一、心の奥底では、彼女は俺を信じてなかったんだと思う。最初から、誰のことも信じてないいんじゃないのかな。自分以外は」

当初から、周囲の者たちが心配した結婚だった。だから古い友人たちは、皆で夫だった男を慰《なぐさ》めた。最初の一年ほどは「疲れた」を連発し、結婚には懲《こ》りたと言っていた彼は、その後、おっとりとした可愛い女性と再婚し、今は子どももいる。

「もう絶望的。人を裏切ることを何とも思わない、思いやりのかけらもない、そんな人間ばっかりになっちゃってる。どうしてそんなに簡単に、すべてを忘れることが出来るのかしら！」

元夫が人の子の父親になったと知った時、B子は、疲れ果てたようにこめかみを押さえながら、そう呟《つぶや》いていた。その時に初めて周囲は、彼女が夫の戻ってくる日を待っていたのかも知れないと感じた。だが、それは無理な相談だ。どんな場合でも、彼女はあくまでも被害者なのだ。そして、自分からは謝らない。頭を下げない。決して人に歩み寄ろうとはしない。と分かっていながら尽くしても、耐えても、責められるそういう女のもとへ帰ろうとする男は、まずいない。その頑《かたく》なさには、年老いた両親さえ、頭を抱えている。

「私だって、少しは幸せになってもいいと思うのに」

それが、A子とB子、二人が共通して呟く言葉だ。一見、正反対の二人は、年から年中、いっそ死んでしまいたいとか、最悪の人生だとか、どこで間違ってしまったのだろうとか、ほとんど似たようなことばかり言っている。

『妥』という文字は、「ダ」と読むが、「穏《おだ》やか」「安定して座りがよい」「安らかに落ち着いているさま」などという意味があるそうだ。「妥」を分解すると、「爪＋女」になり、この場合の「爪《つめ》」とは、手を意味する。いきりたつ女をなだめて、「まあまあ」と手で押さえて下に安座させ、落ち着かせるさまを示す文字だという。上から下におろす意味を含み、下に落ち着く意味から、「おだやか」という意味を生じた。

「妥」という文字を見て、まず連想するのは、「妥協」「妥当」といった言葉だろう。たとえば、いきりたつ相手をなだめて、多少の主張を曲げてでも、何とか穏やかにことを運ぼうとする意味の妥協。また一方、目からウロコが落ちるほどの、拍手喝采《かっさい》するようなものではないにしろ、それなりに安定し、座りが良い、穏当《おんとう》と思われる評価としての妥当。いずれの場合も、まさしく「まあまあ」という言葉が発せられる時に違いない。

私たちの社会は、とかく「どうも」と「まあまあ」で出来ていると批判されることがある。曖昧《あいまい》で不明瞭なことは好ましくないと言われる。だが、A子のように相手に合わせ過ぎても、B子のように極端に孤高を決め込んでも、自分自身が生きづらいことは確かだ。

もう子どもでなくなってしまった二人には、注意を促す存在も減り、また、本人にも聞く耳がなくなりつつある。そして、二人はどんどん孤独になっていく。本当は一度で良いから、いっそABの二人が互いについて正直に意見をぶつけ合ってくれれば、合わせ鏡のように、自分のことが見えてくるかも知れないのにと、周囲の者たちは密かにため息をつき合っている。

—女の居場所—

今年の一月か二月か、とにかくまだ寒かった頃のことである。午前中に郵便局に行く用事があった私は、ついでにコンビニにでも寄って帰ろうと、近所の道を歩いていた。朝は冷え込んだが、陽が高くなるに連れて気温も上がり、空も明るく澄み渡って気持ちの良い日だった。そろそろ梅も咲く頃だろう、などと考えながら、郵便局を出てコンビニの手前の小さな曲がり角にさしかかった時だった。路地の向こうにうずくまる人影を見た。

良いリズムで歩いている最中だったので、何を考えるでもなく、そのまま通り過ぎてしまってから、私は慌てて立ち止まった。

——人が、うずくまってる？

そろそろと後ずさりをして、改めて曲がり角から覗いてみる。黒っぽい服を着た人だった。傍に緑色のハンドバッグと紙袋が置かれている。少し長めの髪からしても、全体の様子から見ても女性だった。しかも、ずい分と白髪が多い。

——酔っ払いとは思えないし。

情けない話だとは思うのだが、近頃は一見、何かに困っているように見える人に対してでも、臆せず声をかけるということが難しくなってきた。倒れているのかと思えば単なる酔っ払いだったり、助けを求めて手招きしているのかと思えば、ただ憂さ晴らしに口汚く罵る相手を待っていただけだったり、露出狂だったり、「金をくれ」と叫ぶ人だったり、つい親切心を出してしまったことを悔やまなければならない場面に遭遇することも少なくないからだ。

何度か嫌な思いをしていると、こちらも自然に猜疑《さいぎ》心と警戒心が強くなってきて、「罠ではないか」「居直り強盗かも知れない」などと考える癖がつき、やがて、道ばたにうずくまっているくらいでは、声などかけるものか、と思うようになってしまう。まあせいぜい、すぐに飛びかかられない距離くらいまで近づいてみて、万が一、うめき声が聞かれたり、または血でも流れているようなら一一〇番でもしてみようか、といった程度だ。だから都会の人間は冷たいとか、東京の人は怖い、薄情だ、自分勝手だなどと言われてしまうのかも知れない。だが、何も最初からそうだったわけではない。これもある意味で、経験から生まれた自衛策なのである。

――でも、どう見てもお婆さんだし。

その時の私の中にも、一瞬のうちに、そんな逡巡《しゅんじゅん》が生まれた。もしも声をかけて、かえって怖い目に遭《あ》うことがあるとしたら、目の前の人物が変装している「お婆さんに見える男」の場合か、実は老けて見える若者か、または、ものすごく敏捷《びんしょう》に動けるくらいに身体を鍛《きた》えていて、目にもとまらぬ速さで飛びかかれるスーパー老婆かの、いずれかだと思った。それならそれで話のネタになる。それに、いくら飛びかかられたって、郵便局に行くだけだった私は小銭入れ一つを持っているだけだったし、すぐ隣にはコンビニもある。叫んで逃げれば何とかなるかも知れない。

第一、本当に具合の悪い人だったら、こんなところで馬鹿な想像を働かせている場合ではない。一刻を争う事態なのかも知れないのだ。そこまで考えて、私はようやく、そのうずくまる人に近づいていった。

ほんの近くまで行く間に、改めてその姿を観察する。膝を抱きかかえるようにして、塀沿いの縁石に寄りかかる格好で、その人は微動だにしていなかった。黒っぽいコートはわずかに古びていて、少し埃《ほこり》っぽいようだ。傍に置かれているハンドバッグも人工皮革らしく、同様にくたびれている。大きく膨《ふく》らんだ紙袋は、いちばん上に何かの布がのっていて、中味は見えないようになっていた。

——でも爪はそんなに汚れてない。

かといって、美しい手とも言い難かった。指は節くれ立ち、ずい分と荒れていて、彼女の長い間の労働を十分に物語っているように見えた。それを確かめてから、私はようやく「大丈夫ですか」と声をかけた。すると、その人はびくん、と肩を震わせて、慌てたように顔を上げた。

「どこか具合でもお悪いんですか」

六十代の後半くらいの人だったと思う。額《ひたい》には深い皺が刻まれ、白髪《しらが》の多い髪がかかっていた。化粧気はまったくない。浅黒く日焼けして、疲れた、澱《よど》んだ表情をしている。顔立ちそのものは、特に印象に残っていない。ただ、その人は、ひどく怯《おび》えたように首を振り、後ずさりさえしそうになって、私を見上げた。

「あの、いえ、すみません」

「具合がお悪いんでしたら、救急車でも呼びましょうか」

「いえ——あの、いえ」

その人は、さらに慌てた表情になって、半分以上も白い髪を懸命に撫《な》でつけながら、「昨夜、眠れなかったものだから」と言った。

「寒くて、一睡も出来なくて。お日様が暖かくなってきたら、つい――」

私は「ああ」と思った。この人には家がないのだ。または、寒さをしのぐ夜具がなかったのか。まさか。家さえあれば、何とかなったに違いない。

「でも、こんなところじゃあ、危ないです。車だって通りますから」

「あの――本当、すみません。すぐ、どっか行きますから」

責めているつもりはなかった。これでも心配しているつもりだったのだ。だが、その人は私の言葉のすべてを叱責《しっせき》のように感じたらしかった。塀に手をつきながら、やっというように立ち上がろうとする姿まで見届けて、私は彼女から離れた。たとえ、私がどういうつもりであったとしても、彼女は私の視線を「監視」とか「蔑視《べっし》」としか受け取らないだろうと思った。彼女の怯え方は、まるで弱々しい野良犬のようだった。

コンビニで買い物を済ませて外に出ると、その人の姿はもう見えなくなっていた。いくら陽射しが暖かくても、アスファルトの地面に、じかに腰を下ろしていたのだ。高齢といって良いはずの女性の肉体に、それが過酷でないはずがない。身体の芯《しん》は冷え切っているに違いなかった。今頃は腰や膝だって、痺《しび》れているのではないかと思った。それでも、ハンドバッグ一個と紙袋だけを提げて、彼女はどこかへ消えていた。恐らく私という「世間」に追い立てられた気分になり、恐怖さえ感じて、まるで逃げるようにして、慌ててその場を立ち去ったのに違いない。

一見してホームレスと分かる感じの人というわけではなかった。それほど垢《あか》じみてもいなかったし、悪臭なども放っていなかった。荷物は少なく、まさしく着の身着のままに見えた。つまり、住む家をなくして、まだ日が浅いのだろうと思った。それにしても、いくら暖冬とはいえ厳寒の季節である。そんな頃に、あの年齢になって、どうして住む家を失ってしまったのか、家族や知り合いはいないのだろうかなどと、考え出すときりがなかった。親切心のつもりだったが、やはり声などかけない方が良かったのだろうかなどということまで考える始末だった。だが、あの場で眠り込んでなどいたら、まず間違いなく一一〇番に通報されるか、下手をすれば車に身体を削られていた。

女性のホームレスが増加しているという話は、テレビなどでも取り上げているし、実際にホームレスの多い界隈《かいわい》を歩いていれば、自然に気がつくことでもある。中には若い人もいるが、全体から見れば、やはり中高年以上の女性が目立つようだ。ことに高齢になってから、女性が家を失う、行き場を失うということは極めて深刻な問題だし、悲劇的に思えてならない。

何しろ『嫁』という文字があるくらい、女性に家はつきものだという印象がある。「女」＋「家」から成り立つ「嫁」は、「よめ」と読む一方で「とつぐ」とも読み、まさしく他家にとつぐ女性を表す文字である。そしてまた、「カ」とも読む。この読み方は「責任転嫁」などという場合に用いられ、意味合いとしては「他人に押しつける」というものがある。そう考えると「嫁」という文字は、あまり歓迎されるべき、めでたい印象の文字とは言い難い気分になってくる。

第一、とりあえず「家」を押しつける形で嫁にしておきながら、その一方では昔から、「女は三界《さんがい》に家なし」という言葉もあるくらいだ。女性の人生とは、父親に、夫に、子に従って終えるものだから、結局終生、自分本来の居場所はない、というわけである。そして今、まさしく家を失ってしまう女性が増えているという現実を、どう考えるべきなのだろうか。

現在、高齢だということは、間違いなく戦争体験者であり、時代の波に翻弄《ほんろう》され、日本が復興した時代にもっとも力を発揮した世代であることは間違いがない。命がけで生き延びて、必死で働いて、その挙げ句に待っていたものが、雨露をしのげる屋根さえない暮らしだということなのか。

無論、たとえ女性でも、中には「身から出た錆《さび》」という人もいることだろう。だが、ひたすら誰かに従って生きてきた結末が、住む家さえない暮らしなのだとしたら、「嫁」になるべく育てられ、何かを押しつけられてばかりだった人生の末路なのだとしたら、やはり悲劇的過ぎる。

それ以来、私はいつものコンビニに行くたびに、あの老婆のことを思い出す。今頃、彼女はどこでどうしているだろうか、せめて雨露をしのげる場所が見つかっていれば良いがと、そんなことばかり考えている。

―ヘンな二人―

こういうのを勘というのか、それとも単に下衆《げす》の勘ぐりというのだろうか。とにかく、その二人を見たとき、私は「朝帰り」という言葉を思い浮かべてしまった。午前十時過ぎの、JRの下り線の車内でのことである。

二人は腕を絡《から》め合い、互いの手のひらを合わせて、指までしっかり絡め合って、座席に並んで腰掛けていた。男性の方は四十歳前後だろうか、明るい水色のジャケットを着ているが、七三に分けた短い髪といい、ずんぐりむっくりの全体の風貌といい、どこか野暮《やぼ》ったい。隣の女性と、可能な限り、ほとんど紙縒《こより》のように絡め合っている手の薬指には、かまぼこ型の金の結婚指輪が光っていた。

一方、相手の女性の方は、四十代の後半か、もしかすると五十に手が届いていたかも知れない。座席に腰掛けていても、紙縒の相手よりも少しばかり座高が高い。明るい栗《くり》色に染めた髪は、肩に触れるか触れない程度の長さだったが、無造作《むぞうさ》に梳《と》かしつけてあるだけという感じで、何となくパサパサ感がある。扁平《へんぺい》な顔立ちは目も鼻も小さく、ただ薄い唇に引いた口紅が、驚くほど鮮やかな、濃い赤色だった。あとは白粉《おしろい》で真っ白に塗り込めてあるだけ。けれど、その白粉の白さが、逆に年齢を際立《きわだ》たせてしまっている。

彼女は、男と絡め合っている右手には、中指に色石の入った指輪をしていた。けれど、膝に置いた左手に指輪はない。何も男性だけが結婚指輪をしているからといって、彼ら二人が夫婦でないと決めつけるのは早計かも知れないが、普通は、彼らを夫婦だとは思わないだろう。第一、結婚していてまで、わざわざ車内で絡み合っている中高年カップルというのも、少し気味が悪い。

最初、私の目に飛び込んできたのは、その女性の足元だった。向かいの座席で雑誌を読んでいた私の視界に、真っ赤なミュールと、つま先に穴のあいている黒い網タイツが飛び込んできたのだ。

――網タイツって、穴があいても伝線しないんだ。

私は、妙なことに感心していた。何しろ自分は網タイツなど穿《は》いたことがないので、それまで知らなかったのである。普通のストッキングなら、つま先に出来た小さな穴だって、ピピッと伝線して、すぐにみっともないことになるのに、私が眺めている足元は、よく見ればさらにかかとの近くにも、それから反対側の足のつま先にも、編み目の破れているところがある。それにしても、ここまで何ヵ所も穴あき状態だったら、穿いたときに気づきそうなものだが、などと考えて、視線を上に移したら、「紙縒」な二人だったわけである。てっきり二十歳前後の女の子の足元だと思っていた私は、予想外の年齢と、隣人との密着ぶりに、二度びっくりしてしまった。そして、「朝帰りか」と、咄嗟《とっさ》に思ったのである。あんな穴あきタイツは、穿かざるを得ないから穿いているのに違いない。

「替えがない状況↓どこかに外泊↓朝帰り」

という構図が、一瞬のうちに出来上がってしまったのである。それに、何しろ二人は、いかにも離れ難い様子だった。腕を絡め合ったまま、ひっきりなしに互いの耳元で何か囁《ささや》き続け、くすくす笑い、もたれ合い、また何か囁くという具合である。そこは車両の端っこの、三人がけの席だったのだが、その男女に並んで座っていた女子大生風の女の子も、途中で二人の紙縒ぶりに気がついた瞬間、膝にのせていたトートバッグは落としそうになるし、慌ててウォークマンを取り出し、ヘッドフォンを装着して、さらに雑誌も広げるという完全武装の態勢を取ったくらいである。その動揺ぶりは痛々しいほどだった。

人前でじゃれついているカップルくらい、近頃は珍しくも何ともない。だが、女子大生が動揺したのは十分にうなずけた。彼女がトートバッグを落としかけたように、私が「朝帰り」を連想したように、その二人の周辺だけ、立っている乗客さえいなかったように、彼ら二人は、ヘンだった。とりもなおさず、二人の年齢、外見、釣り合いといったすべてが、行動とそぐわないように見えたからである。

やがて、ある駅に到着すると二人は紙縒状態のまま立ち上がった。やはり、女性の方がかなり長身である。その上さらにヒールの高いミュールを履いているから、男性の頭は、彼女の肩先くらいまでしかなかった。その二人がもつれ合い、もたれ合うようにして、五月の爽《さわ》やかな陽射しの中に出ていく姿は、やはり、何だか妙な感じだった。正直な話、初夏のみずみずしい緑さえ、くすんだように感じられた。

また別の日のことである。プロ野球のナイターを観に行った。私の前の席に、かなり頭髪の淋しくなった白ワイシャツにノーネクタイの男性が、一見、細君らしい女性と並んで腰掛けていた。ゲームが始まる前に並んで弁当をかき込み、大きな双眼鏡を用意して、それだけで、試合が始まったらよそ見もせずに、応援に力を入れるつもりらしいと思わせた。やがてプレイボール。すると、盛んに応援をしているのは女性の方ばかりである。男性は、時折は双眼鏡を覗くものの、あとはおとなしくしている。そのうち、試合の途中で女性が立ち上がった。その時に初めて、私は彼女の顔を見た。後ろ姿はとても地味だったが、実際には男性の娘くらいに見える人だった。つまり、かなり意識的に地味にしているような印象なのである。私は俄然、興味を持ち始めてしまった。そして、ついにゲームの途中で男性の方が使い捨てカメラを構えて、女性一人で座っているところなどを撮影し始めたところで、この二人もまた、人目を忍ぶ仲なのだろうと結論を下した。最初から、どうもおかしいと思ったのだ。何しろ、並んで弁当を食べる姿が密着し過ぎていたし、アイスクリーム一つ買うのでも、通路から遠い方にいる男性が、じかに売り子の女の子に声をかけたり、財布から金を払ったりしていた。つまり、これはデートだから、男性の方がリードしていたわけである。

男性は、町の不動産屋とか中小企業の社長のような感じの人だった。はげ頭の分を差し引いても、どう見ても七十の声は聞こうとしていたと思う。そして女性は、そこの社員か事務員といったところか。地味で控えめな雰囲気だが、決して嫌な感じではない。正直な話、「なんで」と思いたくなる不釣り合いさだった。私からは、斜め前に座る男性の、やはり左手の薬指に光る指輪と、野球などにはほとんど興味がなさそうだが、とにかく何かというと満面に浮かべていた笑い皺ばかりが見えていた。

こういうことに外野が口を挟むほど、野暮なことはないと分かっている。恋愛は自由だ。いくつになっても、相手が誰でも関係はない。むしろ、それだけの年齢にさしかかり、抱え込むものや背負うものが増えてもなお、恋に燃えることが出来るというのは、素晴らしいとも、思う。

それなのに、どことなくうそ寒い、淋しい印象がついて回るのは、なぜだろう。下手をすると薄汚くさえ感じさせる、その原因はどこにあるのだろうか。

『婬』という文字がある。「イン」と読み、「淫」と同系列の、つまり「みだら」ということである。意味としては「いつまでも女性に戯《たわむ》れる。また、そのさま」ということになる。

「婬」のつくりである「㸒」は「爪（て）」＋「壬（みごもる）」の会意文字で、身ごもった女に手をかけることを示す。それだけで、かなり嫌な感じの文字だ。「婬」は「女＋㸒」で、いつまでも女の探求に深入りしてやめないことをいう。よく似た「淫」

の方は、「水＋𡿧」で、意味合いとしては「水がどこまでもしみこむこと」というところから、性・性欲などに関して慎《つつし》みがないということになる。つまり「婬」という文字は、あくまでも女性に対しての男性の欲望という意味合いだったのかも知れない。だが、欲望に男女の差があるわけではなく、社会的に制約される時代でもなくなってきた昨今、「婬」になるのはお互い様、どちらからということもないだろう。

問題なのは、この「婬」と「恋」とは、明らかに違っているし、また、印象という点でも、まったく異なるものであるということだ。ある程度の年齢までは、すべてを若さが隠してくれる。本当は「婬」の場合ですら、本人たちにも、周囲から見ても、まさしく生きている証《あかし》であるかのような、美しい「恋」に見えてしまう時期がある。

だが、ことに中高年以上の場合、たとえ二人の間では、あたかも雷に打たれたかのような運命的な出会いの果ての、純粋な恋の炎が燃え上がっている真っ最中であったとしても、おいそれと、そうは見えなくなってしまっているところが悲しいのである。

どう見えようと知ったことではない、文字通り、「恋は盲目」なのかも知れない。

だが、それでも端《はた》から見て「婬」な印象の男女というのは、はっきり言って迷惑でもあるし、憂鬱《ゆううつ》にさせられる。ことに、少しでも不倫らしい様子だったりすると、その悪印象は倍増するものだ。いくつになっても恋は良い。けれど、自分のためにも、周囲のためにも、これからの恋するオトナたちは、せめて微笑《ほほえ》ましく見えるくらいの雰囲気と、わきまえというものを、もう少し考える必要があるように思う。

——白い腕——

肌の白い女の子だった。綺麗な肌だなあと思って、私はその二十歳前後に見える女性を何となく眺めていた。ちょうど中央競馬の開催日だった。府中《ふちゅう》の東京競馬場とつながっている路線だったこともあり、乗客の多くは、明らかに競馬場帰りと思われた。車内は全体に、いかにも休日の夕方らしい、少しけだるい賑やかさに満ちていた。そして、乗客の相当の割合が、若い女性だった。

最近の競馬場には、本当に女性の姿が増えた。カップルで、あるいは女の子同士でも、まるでピクニック気分でお弁当など持って、気軽に競馬場に行く姿をよく見る。だから、その車内に女の子が多いのも当然のことだった。いずれも初夏らしい軽やかな出《い》で立ちで、勝っても負けても、とりあえずは穏やかな休日を過ごせたことに満足しているらしい様子の子が多かった。その中で前述の女の子が少しばかり目立っていたのは、彼女の肌の白さに加えて、今どきの子にしては珍しく、髪を染めていなかったせいと、真っ白なブラウスのせいもあったかも知れない。少しばかり汗ばむような混雑する車内で、確かにその子の周囲だけ、すっと空気が違っているような、そんな感じさえしたのである。

　真っ白なブラウスにジーパン姿の彼女は、化粧気もなく、パーマ気もなく、そして、よく見ると、バッグも何も持っていなかった。素足に黒いサンダルを引っかけているだけで、まったくの手ぶら。実は、これは意外に珍しい。女の子は大抵の場合、まず手ぶらで外出するということはない。どんなに小さくても、バッグやポシェットを持っている。ハンカチとかティッシュとか、リップクリームとか財布とか、持たなければならない物が必ずあるはずだからだが、その女の子は、見事なくらいに手ぶらだった。そういえば、長い髪は頭の後ろでひとつにまとめてクリップで留めてあるだけだし、アクセサリーの類も一切、身につけていないようだ。今どき、「普段着」と「よそ行き」を厳密に区別している若者など少ないにしても、その身軽さは、まるで風呂上がりに家から徒歩五分程度のコンビニに、コーラでも買いに出たかのような雰囲気だった。

　彼女は静かな表情で、窓の外を眺めたり、電車の中吊り広告を見たりしていた。すると、ふいに隣にいた男が彼女に話しかけ始めた。背の低い、五十代の後半くらいに見える男性だった。くたびれたグレー系の横縞《よこじま》ポロシャツに、これも古びた印象の野球帽。耳には赤鉛筆を挟み、肩にはかなり使い込んだ感じのチェックのずだ袋をかけている。小柄なうえに猫背で、顔や首筋は赤銅色《しゃくどういろ》、競馬新聞を握りしめた手は垢じみて見えた。第一、匂いである。強烈ではないが、確かに、男はもわっとした、風呂に入っていない人特有の匂いを身にまとっていた。

一瞬、あら、大変、と思った。競馬に負けた酔っ払いが、傍にいた若い娘に絡もうとしている図にも、見えなくはなかったからだ。だが、男の顔には笑みが浮かんでおり、そして、それに応《こた》える娘もまた、ごく普通の落ち着いた様子なのだ。

――知り合い？

私は、意外な思いで二人を見比べていた。男が何か話しかける。娘は、うん、うん、とうなずきながら相手の言葉に何か応えている。そして時折は「えへへ」というように顔をほころばせた。

そうこうするうち、他の乗客に押されて私は彼女たちに近づいた。二人の会話が聞こえてくる。男の口調は、父親のそれとは違うような感じだ。娘の口調も、まるで友だちに対するようなものに聞こえた。そして二人は、まだあまり、互いのことを知らない様子だった。

「じゃあ、競馬場は初めてだったんだ」

「そうそう。初めて」

「意外に気持ちいいとこだったね」

「気持ちよかったね。馬も、よく見えたね」

「すごい人だったね」

「うん。すごかったね」

何となくぎこちない、他愛ない会話が続いていく。やがて、娘の口から「おじさん」という言葉が出た。自分の肩先くらいまでしか背丈のない、あまりにも不釣り合いな印象の「おじさん」に向かって、娘は同年代の友だちに対するように、「この後、どうしようか」などと言っている。

「そうだなあ。どうしよう」

「私、何か食べたいよ」

「そうだなあ。少し腹、減ったもんな」

「ある？　お金」

何なのだろう。どういう関係の二人なのか、食事代も残っていないくらいに、競馬でスッてしまったのだろうか。

私が勝手にあれこれと想像を巡らせていた時、また新しい駅から乗客が乗ってきた。人に押されて、白いブラウスの娘が、すっとつり革に手を伸ばした。袖口から、やはり白い腕が見えた。

その手を見て、私は思わず胸が痛くなった。人目をひくほどの、白くて綺麗な肌なのに、その手の甲から腕の内側、肘近くにまで、彼女の腕には無数の火傷《やけど》の痕《あと》があったのだ。それは間違いなく、煙草の火を押しつけた痕だった。さらに、手首の周辺には何本かのリストカットの痕が残っている。

――この子は、一体。

こんなに無垢《むく》に見える娘なのに、笑顔だって屈託《くったく》なく、真っ白なブラウスが、こんなによく似合っているのに、彼女は一体、どんな壮絶な思いの中から現在にまでたどり着いたのだろうかと、思わないわけにいかなかった。

火傷の痕は非行に走った結果なのか、「根性焼き」などといって、友人と競い合った痕跡《こんせき》なのだろうか。手首を切ったのにはいちいち何かの理由があったのか。ただ単に、何もかもが嫌になってしまって、切らずにいられなくなったからなのか——。いずれにせよ、安易に笑い飛ばせるような、そんな類のものとは到底、考えられなかった。それよりも、ことによっては今、彼女が髪も黒いまま、化粧もしていない姿で、極めてシンプルな服装に身を包み、こうして電車に揺られていること自体が、奇跡のようなことなのかも知れないとさえ思えた。

そういえば以前、渋谷《しぶや》や新宿などのホームレスのもとに通う若い女性のことを、テレビや本などで目にしたことがあった。「ホッとするから」「癒されるから」などといった理由で、ある意味で社会からドロップアウトしてしまったホームレスとの会話を求め、何となく傍にいたがる女性たちがいるというのである。大人の男性でありながら、上司でも教師でも、ましてや父親などでもなく、高圧的な物言いもせずに、ただ話を聞いてくれる存在に心癒されるという。挫折《ざせつ》を経験し、「失敗者」として生きざるを得ない状態の人々からこそ、本当の優しさを感じることが出来るとも言っていたと思う。もしかすると、白いブラウスの娘と隣の男性も、何かの偶然から知り合った、そんな人たち同士なのかも知れないと、ふと思った。彼ら二人には、彼らにしか分からない心の疲労なり、傷なり、互いへの優しさなりが存在していたのかも知れない。

『嫌』という文字は「女＋兼」から出来ている。「兼」は、禾（いね）を二つ並べて持つ姿を表しており、いくつも連続するという意味を含んでいるのだそうだ。つまり「女＋兼」とは、女性にありがちな、あれこれと気がねし、思いが連続して何かを実行することをしぶることを示しているのだという。「きらう」「いとう」などという読みの他に「いや」とも読むし、また「うたがい」とも読む。

結局、ああでもない、こうでもない、とブツブツ繰り返しながら、どうにも動こうとしない、それこそ「いやいや」と首を振り続けるといった印象の文字ということだろうか。「ケン」「ゲン」という読み方もあることから、少し角張った、キツい印象もあるのだが、実は意外にウエットで煮え切らない文字とも言えるだろう。

考えてみれば、何かを「嫌う」というのは、そう割り切れる感覚ではない。むしろ「好き」と思うよりも、さらに思いは乱れ、こだわりは強くなり、気持ちは揺れるものなのかも知れない。そんな感情が、自分自身に向いてしまう時がある。

ブラウスの彼女の、火傷の痕はともかく、手首の傷に関しては間違いなく、自分でつけたものだと思われた。今はどうなのか分からないが、ある時期、彼女が自分を嫌い、自らの手でこの世から消し去ろうとした痕跡は、これからもずっと残るに違いない。今、彼女は、その思いから立ち直っているのだろうか。少しは自分を好きになっているのだろうか。そんなふうに思いながら改めて眺めると、彼女の化粧気のない顔には、確かに陰りがあるようにも思えた。そして、その冷たい陰りこそが、周囲から彼女を際立《きわだ》たせているのだと気づいた。

「ラーメンくらいなら、食えるよ」

「いいよ、私、ラーメンで」

不釣り合いな二人は小声で話し合っていたが、次の駅に着いた時、つかず離れずの距離を保ったままで電車から降りていった。

―怪談―

A子は、お嬢様学校で名の通っている、ある女子大に合格した。そこで、B子と知り合った。帰国子女で自己主張の強いA子と、地方出身でおっとりした性格のB子は、性格も外見も対照的だったが、どういうわけかウマが合い、すぐに親しくなった。

やがてA子は恋をした。そして、あれこれと迷った挙げ句、B子に励まされる形で、思いを相手に伝えた。その気持ちは相手に受け容れられ、A子は晴れて彼氏とつき合い始めた。ところが、こうなってくるとB子が独りぼっちになってしまう。同い年ではあっても、帰国子女で都会っ子のA子は、それまでにも何かとB子の世話を焼いてきたし、言うなれば、お姉さん役のようなものだった。

「私に任せといて。Bちゃんにも素敵な人、紹介するから」

大切な親友に、淋しい思いはさせられない。A子は彼氏に頼み込み、B子に似合いそうな男性を見繕《みつくろ》ってもらうことにした。そして、何人かの男の子をB子に紹介した。けれど結局、まとまった話はひとつもなかった。そうこうするうち、A子自身の恋の方が、雲行きが怪《あや》しくなってきて、そして、はかなく終わってしまった。

「きっと、もっと素敵な人に出会えるよ」

さめざめと泣くA子を慰《なぐさ》めてくれたのは、B子だった。さすが親友だけのことはあると、A子はB子に感謝した。

恋をしては破れ、慰めて慰められ、そんなことを繰り返しながらも、二人の学生生活は順調に進んでいき、やがて、二人が共に三年になった頃、ようやくB子にもチャンスが到来した。今度もまた、A子の恋人の紹介だった。鉄筋工をしているという彼は、日焼けした顔に白い歯の眩《まぶ》しい、爽《さわ》やかでたくましい印象の青年だった。

B子は彼に夢中になった。そして、やがて今すぐにも大学を辞めて、結婚したいと言い出した。彼も、それを望んでいるというのだ。慌てたのは周囲だった。田舎から両親も駆けつけてきた。何しろ、地方で小さいながら会社を経営している家の娘であるB子と、暴走族上がりで高校にも行かなかった鉄筋工とでは、あまりにも釣り合いがとれないというのだ。せめて、大学を卒業するまで待ちなさいという周囲の言葉をよそに、だがA子だけは、B子の味方だった。

「人生は一度きりよ。後悔しないように生きなきゃ。安心して。私だけは絶対に応援するからね」

その言葉に励まされるように、B子は大学を中退し、恋人のもとへと走った。勘当とまではいかなくとも、実家とはほとんど音信不通の状態、夫の暴走族仲間とA子だけに祝福されて、貧しい生活が始まった。

破綻《はたん》は、あっという間に訪れた。理由は、夫の身内の抱えた莫大な借金。それを、B子の夫がすべて背負わされていた。いくら働いても、生活費さえ手元に残らないほどに、日々の生活は苦しかった。ある時夫は、B子の実家が何とかしてくれないかと言った。B子が首を横に振ると、以来、暴力が始まった。半年間、我慢をして、B子は新婚のアパートを飛び出した。

「そんな男だったなんてね」

少しの間に、苦労した顔になってしまったB子を、A子は共に涙しながら慰めた。そして、きっと明るい未来があるからと励ました。

何度かの恋愛を経験したA子は、大学を卒業後は普通のOLになった。B子は傷心を癒すためと、新しい目的を見つけるために、和解した親の勧《すす》めもあってニューヨークに留学した。二人はもっぱらメールで、互いの近況を語り合った。離れていても、A子は常にB子のお姉さん役として、彼女の悩みに応え、可能な限りのアドバイスをしてきた。

数年後、A子の結婚式に出席するために、B子は久しぶりに日本に戻ってきた。髪を染め、ピアスをして、すっかり洗練された雰囲気に変わったB子に、A子のみならず、周囲の皆が目をみはった。しかも、B子はアメリカ人の恋人と一緒だった。大学で学んでいた頃だって、ろくに英語が話せなかったはずなのに、B子は恋人とは流暢《りゅうちょう》な英語で話し、ジョークを飛ばすまでになっていた。

「ひどい。そんな彼のことなんか、一度も言ってくれたこと、なかったじゃない！」

ウエディングドレス姿のA子は、本気で怒った。だがB子は笑いながら、A子を驚かせようと思ったのだと謝った。そう言われてしまえば、A子だって何も言えなくなる。第一、その日は人生で一度きりの、大切な結婚式の当日だった。こんな日に怒ったりしたら、幸先が悪くなると周囲からなだめられて、A子もやっと機嫌を直した。

だが、それが原因だったのかどうか、A子の結婚生活も、長くは続かなかった。彼女はまるで救いを求めるかのようにB子を頼り、ニューヨークへ旅立っていった。

それから十年以上が過ぎている。

今、B子は日本で暮らしている。日本人の夫と、三人の男の子にも恵まれて、自分自身の仕事も持っており、慌ただしいが、それなりに充実した毎日だ。そんな彼女の、いちばんの悩みの種が、A子だった。

「ねえ、この子たちの教育、ちょっと考え直した方がいいと思うわ」

子どものいないA子は、何かというとB子の家に入り込んできて、そんなことを言うという。学校の選び方から、日頃の食生活、テレビゲームで遊ぶ時間から言葉遣いにいたるまで、何かと口出しをしてくるのだ。

「私とB子との間柄だから、こんなことまで言うのよ。心配だから」

それが、いつの間にかA子の口癖になっていた。彼女は今でも、B子の家のすぐ近くに住んでいる。B子がアメリカ人の恋人と別れてニューヨークから戻った直後に、自分も日本に戻ってきたのだ。そして、B子が就職すると、じきに自分も仕事を見つけてきた。B子が今の夫とつき合い出した直後、自分も新しい恋人を作った。そうした上で、B子の選択、B子の考え、B子の好みについて意見する。それは、批判などという類のものではなかった。何しろ「心配だから」「B子のために」言わずにいられない。それがA子の主張だった。

「でもね、そんなのは嘘なの。確かにあの人は、私のことが心配でたまらないんだけど、それは、私が失敗するのが心配なんじゃなくて、自分を追い越していくのが、心配なだけなのよ」

ある時B子は別の友人に、そんなことを言った。学生時代から遡《さかのぼ》れば、もう人生の半分以上もつき合っている、周囲の誰もが大親友だと思っている相手のことを、B子はさらりと「疫病神《やくびょうがみ》」と言ってのけた。

「だって、考えてもみてよ。田舎から出てきたばっかりで、まるっきり世間知らずだった私に、彼女が紹介した男の子って、どんなだったと思う？　フリーター、自称クリエーター、パチプロ、アニメおたく。考えられる？　ただの、ごく普通の学生さえ、一人もいなかったわ」

職業で差別するつもりはないのだとB子は言った。ただ、育ち方も生活する環境も、あまりにも違う連中ばかりだった。思えばその当時から、少しずつ心に引っかかっていたのだと、彼女は言った。

「要するにね、A子は、自分の彼氏よりも少しでも上の立場にいると思う人は、絶対に紹介しなかった。いつでも、私より優位に立っていたい人なのよ」

だから、常にB子の動静を把握《はあく》していたいし、いつでも「心配」しているのだそうだ。知り合った直後から、もうその構図は出来上がっていたのだとB子は言った。そして、恋人のことに限らず、B子が自力で何かしようとする度に、A子はすべて否定してきたのだという。

『妬』という文字は「ツ」「ト」と読む。「ねたむ」という意味の文字である。他人の幸福をうらやみ、憎む。また、他の男女間の仲の良いのを憎み、やきもちを焼くという意味になる。「女＋石」から出来ている文字は、女性が競争相手に負けまいとして、顔を真っ赤にして興奮することを表している。そういう意味からすると、炎の中に放り込んで、真っ赤に焼けている石ころを連想するが、「石」は、その音読みの「シャク」から来ており「赤・灼（赤く焼ける）」と同系の言葉であるという。

嫉妬の構図には、A子とB子との関係のようなものが、意外に珍しくないようだ。うらやましいのを通り越して、悔しい、憎らしくなるから、その相手に余計に接近するタイプの人が、少なからず存在する。そして、言葉巧みに相手に近づき、相手を安心させ、そして、陥《おとしい》れようとする。嫌いなら放っておけば良いではないか、気にくわないなら知らん顔をすれば良いと思うのに、それが出来ないのである。

「A子が、最初からそういうつもりだったとは思いたくないけど、いつの間にか、そういう関係になってたっていう感じね」

A子から直接、話を聞いていないから、彼女がどういう考えでいるのかは分からない。だが、少なくともB子は、A子が真の友情から自分の傍にいるわけではないと思っている。だが、それでもB子は、A子を拒絶はしないのである。B子には余裕があるのだ。

「だって、A子がどれほど頑張っても、私には追いつけないっていう自信があるもの」

B子は、ゆったりと微笑みながら、自分の傍にいる限り、A子は自分の人生に満足出来ないだろうとも言った。女同士のつき合いはまだまだ続きそうな気配である。

—か弱いひと—

色白で小柄な彼女は、前髪を短く切りそろえていた。好きな色は赤。様々なパターンのチェックから始まって、花柄、イチゴのプリント模様、水玉など、とにかく常にぱっと人目をひく鮮《あざ》やかな赤を好んだ。その可憐《かれん》で可愛らしい雰囲気と、驚くほど細い手脚から、永遠に少女のままなのではないかという印象さえ与える人だった。

可憐な彼女は口調も幼くて可愛らしかった。「たちつてと」や「さしすせそ」の発音は等しく「ちゃちゃちゅちゃちょ」くらいに変換された。従って、私は「ちゃちゃちゃん」と呼ばれていた。

「ちゃちゃちゃん、お茶飲みに行きょまちょ」

といったような話し方になるのである。こういう誘い方をされると、断りにくい。背中から力が抜けるというか、「だめ」などと言ったら、もうそれだけで彼女をいじめているように聞こえそうな雰囲気になってしまうのである。第一、実は彼女は私よりも一回り以上も年上だった。つまり、その当時で、既に四十は過ぎていた。言葉遣いは幼稚でも、それなりの意見を持ち、話をしてくれる人だった。そういう外見とのギャップは、ある意味で意外でもあったし、彼女の魅力にもなっていたと思う。だからこそ、彼女からの電話や誘いには、私はまず、断るということがなかった。

「ちゃちゃちゃん、たしゅけて！」

そんな彼女から、ある日、SOSの電話が入った。何事かと思って聞いてみると、昔の恋人と劇的再会をしてしまったという。それで感動感激動揺した彼女は、「たしゅけて」になったのである。

「だって、ドキドキしちゃって！　別れた頃は、あんなヤツって思ってたんだけど、久しぶりに会ったら、不思議なくらいにね、そんな気持ち、ふっ飛んじゃって。アイツったら、何だか惨《みじ》めったらしい迷い犬みたいな顔つきになっちゃってるんだもん」

彼女の声は、かつてないほどに浮き浮きとして聞こえた。もう何年も恋をしていないと言っていた彼女の、焼けぼっくいに火がついた形の恋は、それだけに真剣で、激しいものだった。彼女からの電話は、極端に減っていった。

「ちゃちゃちゃん……たす、けて」

ところが、それからしばらくたった時、突然またそんな電話がかかってきた。

「もしもし？　どうしたの？　何かあった？」

「彼がねえ……、どうしたらいいんだろう、ねえ、たすけて……、ああ、もう……駄目」

「駄目って――ねえ、もしもし？　どうしたの、今、どこにいるの？　何があったの？」

「家……家にいる……」

それきり応答がなくなった。私は顔から血の気が退《ひ》いた。とにかく、ひたすら受話器に向かって「もしもし」を繰り返した。頭の中で不吉な想像が駆けめぐり、心拍数は上がりっぱなしだった。こちらの受話器を戻して、電話をかけ直してみると、やはりお話し中。つまり、受話器は外れたままなのだ。

「ごめんね。睡眠薬を飲んだのを忘れて、ちゃちゃちゃんに電話しちゃったのよね」

結局、翌朝にはそういう電話がかかってきた。私は、自分が早まって警察など呼ばなかったことに密かに安堵《あんど》した。久しぶりに彼女に会って話を聞いてみると、どうやら「焼けぼっくい」の彼氏のことで、相当に悩んでいるらしいことが分かってきた。

その男性は、かつて恋人だった彼女と別れた後で、別の女性と結婚をしたという。

だが、最近になって離婚した。原因は妻の裏切りという話だった。せっかく築いた家庭を失い、愛する家族も失って、失意のどん底にあった彼に、さらなる悲劇が襲いかかった。交通事故に遭い、頭を強打して、長期の入院を余儀なくされたということだった。

「その事故の、後遺症じゃないかと思うんだけど」

どうやらひどい鬱《うつ》症状に陥ったり、頭痛に悩まされたり、また、寝ている最中に大変な寝汗をかいたり叫び声をあげたりするというのである。せっかく再会を果たして、今度こそ離れるまいと思っているのに、彼女は、彼が泊まっていくたびに、その叫び声を聞かされ、急に「死にたい」などと言い出す言動に怯え、自分の方が不眠症になってしまったらしい。そこでたまらずに睡眠薬を飲んで、私に電話をしてきたということだった。

「ちゃちゃちゃん、一度、彼に会ってみてくれない？　それで彼の話、聞いて欲しいの。私は、聞いてるだけで怖くって、こっちが倒れそうになっちゃうから」

すがるように言われると、断ることも出来ない。私は彼女に請《こ》われるまま、彼女と彼との三人で会い、彼の話を聞いた上で、結局、しかるべき診療機関を探しましょう、ということになった。

「ちゃちゃちゃん、あんがとう。たしゅかるわぁ。ああ、これで少し気持ちが楽になっちゃわぁ。よろちくねぇ」

彼女は何度も感謝の言葉を口にして、いかにも嬉しそうにしていた。そして数日後、私は知り合いから紹介してもらった病院に、彼を連れていく約束をした。奇《く》しくも前の晩、東京地方は台風の直撃を受けた。夜通しの暴風雨でほとんど眠ることも出来ないまま朝を迎え、私は寝不足の頭のままで待ち合わせの場所に向かった。

「あれ？　一緒に来たんだ」

もともと夜型生活者の彼女は朝が弱い。当初は彼だけを行かせると言っていたはずの彼女が、だが、その日は彼に寄り添うようにやってきた。赤の他人の私がつき添って、彼女がつき添わないのも妙なものだと思っていた私は安心もし、ある意味で「当然」だとも思った。ところが、である。彼女の態度が、どこかおかしい。

「来て、迷惑だった？」

そう言ったきり、私と口をきこうとしない。まるで能面のように無表情のまま、近づいてさえ、来ようとしないのである。

「何か、あったんですか」

私は彼に聞いてみた。だが彼も「さあ」と首を傾げるばかりで、特に気にしている様子もない。病院までの道も、病院の廊下で待つ間も、三人は不思議な距離の取り方をし、どうにも気まずい雰囲気で時を過ごさなければならなかった。

「昔から朝が弱いから。不機嫌なんでしょう」

一度だけ、私に向かって彼はそう耳打ちしてきた。だが、何時になっても、彼女の態度は変わることがなかった。どう話しかけても、返事ひとつ返ってこない。私は不愉快だった。彼女のためだと思うから、ほとんど寝られなかったというのに、こんな早朝から、病院に来て、どうしてこういう失礼な真似をされなければならないのだと思った。

「ひどい。ひどいわ、ちゃちゃちゃちゃん」

そして翌日から、彼女の電話攻撃が始まった。毎日毎日、五回でも十回でも電話を寄越しては、何かわけの分からないことを言う。

「会わせたりしなければよかった。私が馬鹿だった」

要するに、私に彼を奪われるのではないかという不安が、彼女に取り憑《つ》いてしまったのである。

「本当は二人で病院に行くつもりだったんでしょう。そうは、させない。同じことを繰り返されたら、私、生きていけない」

彼女の中では、かつて彼を寝取った女と私とがダブッて見えていたのかも知れない。もはや何をどう言っても、彼女の中の妄想は膨らむ一方で、電話の回数は日を追うにしたがって増えていった。

「本当は二人で会ってるんでしょう」

「私の悪口言って、二人で笑ってる」

「私より若いと思って、いい気になって」

一日に二十回、三十回と電話を寄越しながら、彼女は言いたいことだけを言い、すすり泣きを聞かせ、そして最終的には、泣きながら「ちゃちゃちゃちゃんが、嫌い」と言った。

「だって、私をこんなに苦しめるんだもの」

「だったら、嫌いな人に、わざわざ電話するのはやめたら。そんな人の声なんか聞こうと思わなければいいでしょう?」

「だって、だって、嫌いなんだものぉ」

「だから、嫌いなら放っておけば。私も放っておくから。二度と電話してこないで」

もう、うんざりだった。どうして、こういうことになるのか、まるで分からなかった。

『威』という文字は「イ」と読み、「おどし」「おどす」という意味がある。相手を屈服させる力やおごそかさ、またおそれさす、ということである。また、力ずくで相手をへこませる、居丈高《いたけだか》、などという意味もある。「女＋戊（ほこ）」から出来た文字で、か弱い女性を武器でおどすさまを示し、また力で上から抑えるという意味も含むという。「威厳」「威光」「威容」など、厳《おごそ》かな品格の備わった印象も受けるが、相当な圧力を感じる文字であることは確かだ。

しかし、か弱い女性だって、人は威すものである。いや、むしろ、そういう女性に威される方が、よほど薄気味悪く、空恐ろしいこともある。五年ほどたったある日、彼女から「お元気ですか」という少女趣味のカードが届いた。私は返事を出さなかった。

―あととり娘―

少女の頃のT子は、学年で一、二の人気者だった。成績優秀で運動神経抜群、その上に、何ともいえないユニークな個性と、しかも愛嬌《あいきょう》があったからだ。彼女は常に、他の人にはおよそ思いもつかなければ真似も出来ないようなことを考え、本気とも悪戯《いたずら》ともつかない行動に出た。そして、その行動は大抵の場合、周囲の賞賛を集める、見事な結果を呼んだ。

もしも彼女が美人なら、少しばかり近づき難い存在だったか、または敵でも作ったに違いない。だがT子の場合は、その顔立ちが幸いしていた。美人ではない。だが、どこかに愛嬌があって、あまりよく知らない人間にも、なぜか警戒心を抱かせない、むしろ、相手をつい油断させる印象の顔なのである。

当時のT子は、本当にいつも瞳を輝かせていた。本人の言葉を借りれば、「次から次へと面白い考えが湧いてきて、とてもじっとなんてしていられないくらいに楽しい毎日」を過ごしていたらしい。T子のような子どもこそ、何かの天才なのではないか、将来は大変な存在になるのではないかと評する大人たちも少なくはなかった。

「二十歳過ぎればただの人って言うじゃない？　要するに、あれよ」

だが、高校を卒業する頃には、T子は淋しげに微笑んで、そんなことを言うようになっていた。二十歳にはまだ数年あったけれど、確かにT子の輝きは、成長と共に失《う》せつつあった。成績は優秀なままだったし、運動も出来た。周囲からの人望も集め、人気もあった。それでも、かつてのような並外れたエネルギーは鳴りをひそめ、全体に地味で、ひっそりとしてしまっていた。さほどのユニークさもなくなり、突飛《とっぴ》な言動もない。そんなT子は、幼い頃から見知っている人間にとっては、ひどく物足りない存在になった。

「だって、私は目立っちゃいけないんだもの。ユニークじゃ、いけないの」

子どもの頃のT子に比べて、今は、どことなく窮屈そうに見える気がする。まるで、何かに耐《た》えているようにさえ見える気がすると友人が言ったときだった。彼女は苦しげな表情で、そう打ち明けた。

「仕方がないの。だって、私は小さいときからずっと、叱られ続けてきたんだもの。『皆と同じじゃなきゃいけない』『一人だけ目立ったり、違う考え方をするようじゃ、いけない』って」

聞けば、T子は一人っ子で、両親と祖父母との五人家族だということだった。その外見からは想像がつかないが、実は大変な老舗《しにせ》の令嬢で、将来は間違いなく婿《むこ》を取って、家業を継《つ》がなければならない運命を背負っているというのである。そんなにすごい家の娘だったのかと、友人は目を丸くした。

「私は家を守っていかなければならない。そのためには、あんまり突飛すぎたり、個性が強すぎたりするのは、良くないいんだって。子どもの頃から、いつも言われた。学校で誉められた話をすると、家では叱られてたのよ」

「どうして?」

「また、目立つようなことをしてって。ゆくゆくは父か夫か分からないけど、とにかく私は、社長をサポートする立場になるの。つまり、大勢の社員と経営者のパイプ役。そのためには、社員の気持ちを汲《く》んでやれて、共感出来る、皆と同じ価値観を持ってなきゃいけないって。それに、下手に目立ったら『出る杭《くい》は打たれる』で、必ず敵を増やすから、それも駄目なんだって。目立たずに、平凡に、堅実にって。これが、うちの家訓」

友人はT子が可哀想になった。

「T子はT子らしさを出して、自然のままでいるのがいちばんだと思うけどな。それでも、小さい時からずっと人気者だったじゃない。発想だって、考え方だって、自由でよかったじゃない。きっと、商売だって繁盛《はんじょう》するよ」

友人に言われて、T子は「自然のまま」と、呟き、淋しそうに微笑んでいた。

「そんなに無理したって、幸せになんか、なれないと思うよ」

「でも──私は一人っ子だから。仕方がないのよ」

親の期待を裏切るわけにはいかない。それに、両親も祖父母もT子を溺愛《できあい》している。T子に幸福になって欲しいと願うあまり、そこまでの要求をしてくるのだと、彼女は言った。友人は眉《まゆ》をひそめた。

やがて親の望んだ大学に進んだT子は、服の趣味も、余暇の過ごし方も、かつてのボーイッシュで活発だった彼女からは想像もつかないくらいに、しとやかでおとなしいものに変わり、髪にはくるくるのパーマをかけて、愛嬌たっぷりだった顔にも化粧を欠かさないようになった。友人は、その変貌ぶりを、淋しい気持ちで眺めていた。

二十歳を少し過ぎた頃、T子は恋をした。彼はT子の中で眠っている、かつての彼女に気づいた。そして、その部分を呼び覚まそうとした。

「T子らしくした方がいいよ」

友人の言葉には耳を貸そうとしなかったT子も、彼の言葉には胸を打たれ、従った。そして、生き返ったような自由を感じた。再び、毎日が楽しくなった。華美な服は脱ぎ、化粧も薄くなって、笑うことが増えた。恋の力は強いものだ、と友人たちは苦笑した。

だが、T子の恋は、やがて破局を迎えた。自由を愛し、また男らしいプライドの持ち主でもあった彼は、T子との結婚は望んだけれど、T子の実家である老舗企業への就職は拒み、また、婿養子に入ることも「長男だから」という理由で、首を縦には振らなかった。T子はプライドも何もかなぐり捨てて、土下座せんばかりに、彼に頼み込んだという。

「お願い、一緒に生きて。私を助けて」

だが彼は逆に、そうまで自分との人生を望むのなら、どうして親の言いなりになるのだと、T子に詰め寄ったという。彼は、自分の人生は自分の力で切り開きたいし、妻も子も、その自分の力で幸福にしたいと望むタイプの男だった。結局、お互いに生きる道が違い過ぎるらしい、残念だ、と言い残して、彼はT子の前から去っていった。

T子は泣いた。何日も泣いて、泣いて、涙も涸《か》れた頃、親の勧《すす》める人と見合いをして、結婚した。おとなしく控えめな秀才で、几帳面《きちょうめん》そうな印象の彼は、「喜んで」T子の家の籍に入るし、「誠心誠意」T子と共に家業を守ると約束した。だが、周囲の誰もが危惧《きぐ》した通り、五年もしない間に、夫は二人の子どもを残して、愛人のもとに去っていった。彼の最後の捨てぜりふは「面白くない女だ」というものだったという。T子は、夫を追わなかった。追う必要も感じなかったし、むしろ「せいせいした」と友人に打ち明けた。

「最初から愛情があったわけでもないんだし、第一、変な意地を張って、いつまでも籍を抜かないままでいたら、せっかく祖父母や両親が守ってきたこの家を、食いつぶされるところだったもの」

今の時代で良かった、世間の目もさほど厳しくないし、離婚も大して目立たないからと、T子はひっそりと微笑んでいた。

現在、彼女は自分自身が老舗の女社長となり、両親と祖父母、そして二人の子どもと暮らしている。彼女の経営は「堅実」で知られており、この不況下でも一定の評価を得ているという。そんな彼女に子どもの頃の面影を探そうとしても、もはや不可能に近くなってしまった、と友人は語った。

「そんな言い方をしたら悪いけど、とにかく老けてるわ。眉間に深い皺寄せて、イヤリングやネックレスだけが、やたらと派手なの。似合わないのに」

「あのT子が。ジーパンと麦わら帽子が似合う子だったのにねえ」

そんなT子の姿は見たくない、と、かつての友人たちは噂をする。確かに、誰よりも裕福で、立派な肩書きを持ち、何不自由ない生活を送ってはいるのだろうが、果たして幸福なのだろうかと、ため息をつき合う。

『委』という文字は、「イ」「ゆだ・ねる」と読み、意味としては「ゆだねる」の他に「まかせる」「すてる」「おちる」「つまびらかに」などというものがある。「禾（まがってたれたイネ）＋女」から出来た文字で、しなやかに、力なくたれることを示すという。日常の暮らしの中では、たとえば「委任」「委員」「委細」などという熟語をよく目にするが、いずれも特別な印象は受けにくいし、あまり個性の強い文字とも思わない。

だが実際のところ、「ゆだねる」「任せる」などの意味としては、「自分の手を抜いて、他人のなすがままにする」とか「力を抜いてなりゆきのままにさせる」「手を離して放っておく」などというものがあり、要するに、自己主張を捨て、我を通すことを放棄して、自分の身体を放り出してしまうような印象を受ける文字なのである。弱々しいといえば弱々しいし、無責任といえば無責任、傍にいたら苛々《いらいら》しそうな気もする。

無論、時と場合によって「ゆだねる」「任せる」ことは必要である。その時には、一応の覚悟や信頼が要求される。だが、T子のような「ゆだね」方は、それとは別次元のもののように思える。そこまで「ゆだね」きった人には、周囲には如何《いかん》ともしがたい、無力感を覚えさせられる。幸福とか不幸とかの問題ではなく、それは、たとえば専制君主国などの国民に対する印象や感想にも通じる、周囲からは手も足も出ない悲しさのような気がしている。

――どうしちゃったの――

平日の昼下がり、井《い》の頭《かしら》線に乗っていたときのことである。井の頭線は、渋谷と吉祥寺《きちじょうじ》とを結んでいるこぢんまりとした私鉄電車で、渋谷に通じているせいもあり、また沿線に学校が多いこともあって、常に若者で賑わう路線でもある。

私の視界に三人、性別不明の人がいた。これは、いくら井の頭線が「今ドキの子」を多く乗せているとはいえ、相当な密度の濃さだったと思う。車内は渋谷に近づくに連れて徐々に混雑していったが、それでも時間帯が時間帯だったから、まだのんびりしたものだった。それなのに、である。

一人は高校の制服風の服装だった。丈《たけ》の短いプリーツスカートに白い長袖ブラウス、それに白いニットのベストという出《い》で立ちである。ただし、ベストは男物で相当に大きく、また、長い髪は腰の下まである。最初、私からは後ろ姿しか見えていなかったが、その豊かな髪と、せっかくルーズソックスを穿きながら、くるぶしまでずり落ちたままの状態なのが、何となく目についた。そのうち、その日焼けした脚がやたらと細いだけでなく、血管さえ浮いて見えることに気がついた。普通、女の子の場合は、どんなに細い脚をしていても、透《す》けて見えるというのならいざ知らず、血管が浮くということは、まずない。その上、膝小僧が大きいようだ。だから余計に「おや」と思ったのかも知れない。

やがて、その子の前の座席が空《あ》いた。その子が座った。顔が見えた。身体のバランスに比べて、とても大きな長い顔をしている。彫りが深く、鼻も大きくて、それは、明らかに男の子の顔に見えた。むしろ、男らしいくらいの凜々《りり》しい顔立ちだったとも思う。けれど、その子は、完全に女の子として生きているのだ。手の爪は綺麗に伸ばして、大振りなシルバーの指輪をしていた。

さて、その子と私との間くらいに、大学生風の若者が立っていた。やはり長い髪をしていたが、今度はその髪をひとつにまとめており、黒縁の眼鏡をかけていた。服装からいっても、どう見ても女性風だったし、抜けるように白い肌はきめが細かくて、どこか美しかった。一見すると、知的で憂《うれ》いを含んだ雰囲気の美人である。けれど、どこか女に見えないのだ。何が、どこがと言われると困る。確信は持てない。けれど、あの人が本当に女性なのだとしたら、逆に「へえ」と首を傾げたくなる、男っぽいといわざるを得ない、そんな感じの人だった。

そして、途中から乗ってきた人がいた。年の頃は三十代の前半くらいか、焦《こ》げ茶のジャンパーによれよれのジーパンで、山歩きでも出来そうな靴を履《は》いていた。短い髪には緩《ゆる》いウエーブがかかっていて、肩幅は広く、大振りな鞄《かばん》を肩からかけている。何の、とは言えないが、どこかの業界でよく見かけそうなタイプに見えた。肌は荒れていて、はっきりいって美しくはない。そして、ピアスである。いくら、ピアスをしている男性など珍しくない時代だとはいえ、社会人ともなると、そう多くはない。では女性だろうか？　確かに小柄だ。だが、脚を開いて座席に浅く腰掛ける格好は堂に入っている。読んでいる雑誌は、男女を問わず買いそうな類のものだった。

いちどきに、それだけの人が自分の視界に入ってくると、さすがに少しばかり混乱するし、「うーむ」と考えさせられる。彼ら全員が性同一性障害だったのだろうか？　それならそれで、その多さに驚かされる話である。別段、どうしなければならないとか、どうすべきだとか、そんなことは思わないのだが、何というか、「どうしちゃったの」という感じがするのである。

その人たちが自然にしていて、それが心地良い状態だというのなら、それで良い。

それは分かっている。何より、三人は、それぞれに無理をしている雰囲気ではなかった。ごく当たり前の日常を生きているように見えたし、ことさらに周囲を意識している様子もなければ、格好をつけている様子なども、微塵《みじん》もなかったと思う。だが、本人が自然のままに自己主張をしたら、周囲には分かりにくい状態になってしまったというのも、何とも奇妙な話だという気がした。彼らは、それぞれに周囲から聞かれているはずである。「どっち」とか「どうしたの」とか。

また別の日である。同じ井の頭線に乗っていたら、急に臭《くさ》くなった。そうはいっても異臭騒ぎなどというものではなく、ただ私の周辺が臭くなったのである。ひと言でいって、風呂に入っていない匂い。もわっとくる、垢《あか》じみた匂い。要するに不潔な匂いだ。

あの匂いは人を不安にする。ことに電車の中などで急に匂ってくると、「自分の匂いだろうか」と心配になってしまう。まさかとは思う。出がけに風呂に入ってきたばかりではないかと思うのだが、とにかく人間が等しく持ちうる匂い、下手をすると自分だって発してしまうかも知れない匂いだということを、遺伝子が記憶している。内心でどきどきしながら周囲の様子を探った。やはり臭い。そして、その匂いはほぼ間違いなく、私の右隣からしていた。前の駅で、それまで座っていた乗客が降り、替わって別の人が座った途端に、匂うようになったのだ。

私の右隣に座ったのは、女子大生風の女の子だった。真っ黒い長い髪をしていた。ピンクと水色の、フリースジャンパーを着ていた。布製のバッグには、やはり布製のマスコットがつけられていた。製図を入れるケースを持っていた。要するに、どこから見ても普通の女の子だった。それなのに、臭いのだ。

テレビなどで、最近、いわゆる「汚《お》ギャル」と呼ばれるような、歯も磨かず、風呂にも入らず、下着も取り替えないような女の子が増えてきていると報じているのは、観たことがあった。だが、そういう子というのは、一見して「汚ギャル」っぽいものだと思っていた。要するに、薄汚い化粧をして、服装も汚れており、見るからに不潔っぽいのだろうと思っていたのである。盛り場などで地べたに座り込み、暇を持て余して、時間の観念もなく、全身が弛緩《しかん》してしまっているかのように、だらしのない印象を与えるのだろうと思っていた。

だが、少なくとも私の隣に座っていた女の子は、きちんとして見えた。ちゃんと学校にも行っているようだったし、顔はすっぴんに近く、そういう意味では、まるで

「汚ギャル」などという表現とは無縁に見える子だった。それなのに、臭かった。とても。

友だちや彼氏は何も言わないのだろうか、それとも、どんな匂いを発していようと、それとはまるで無関係に、恋愛も友情も、自然に育《はぐく》まれるものなのだろうか。少なくとも本来ならば、必要以上に周囲の目を気にして、敏感になる年頃のはずだと思うのだ。べつに臭くも何ともないのに、そのことを気にしてコロンなど買ってみたり、あれこれと気を遣う頃だと思う。それなのに、若い娘とはもっとも無縁に思える匂いをまとっていることが、ある意味でショックでもあった。私はやはり「どうしちゃったの」と思わないわけにいかなかった。

『安』という文字は「アン」「やすい」と読み、一般的には「やすらか」といったような意味合いを持つ。「宀（やね）＋女」からなる文字で、女性を家の中に落ち着かせたさまを表し、抑えつけるという意味も持つという。その意味から、安心して、静かに落ち着いて、などという意味合いで使われることが大部分である。

小さい頃に習う漢字ということもあり、「安心」「安全」「安否」「平安」「安定」「安価」など、すぐに思いつく熟語も多い。親しみ深く、覚えやすく、そういう点でも文字通り「安」な文字といえるだろう。

だが一方、この文字は漢文の中においては「いずくに」「いずくんぞ」という副詞としての意味も持っている。つまり「どこに」とか、「どうして、なぜ」「どこに（どうして）そんなことがあろうか、どこにも（そんなことは）ない」ということである。平易な表現を使えば「なんでよ」という、持って行き場のない疑問としての意味合いは、「安」という文字から来る一般的なイメージとはひとつになりにくい。むしろ正反対の「不安」を抱かせる。

私が井の頭線の車中で見かけた人々は、それぞれは当たり前なのかも知れないが、なぜだか私に不安を抱かせた。べつに、誰かに具体的な迷惑をかけているわけでもないのだし、赤の他人が口を挟むようなことは何もない。けれど、それなのに彼らは「どうしちゃったの」「なぜ」と思わせた。

性別不明に見えることと、垢じみた悪臭を放っていることとは、問題の種類はまったく違うのかも知れない。それぞれの背景も異なっていて当然だろうと思う。だが、彼らから共通して感じたことは、ある種の孤独ではないかという気がした。話し合う相手、打ち明ける相手、注意を促す相手、理解されたいと願う相手――。そういった相手が、もしかすると決定的に欠けてはいないかという感じがして仕方がなかった。自己主張といえば聞こえは良いが、無言のうちにでも、他者と認識を共有出来るだけの基盤そのものが出来上がっていないのではないか、または、ずれ始めてはいないかという気がした。

やりたいようにやって良い。だが、ただ独りよがりなだけでは、居場所は見つからない。若者で溢《あふ》れる都会の電車には、そんな、独特の孤独感も詰まっている。

—装うためでなく—

「五十四、てとこかな」

彼女と別れるとすぐに、私の隣にいたK氏が言った。

「そんなに、いってる?」

私は首を傾げながらK氏を見た。彼は「いってるでしょう」と、深々とうなずく。たった今、立ち去ったばかりの彼女の、年齢のことである。

実際、年齢の分からない雰囲気の人ではあった。服装は落ち着いているが、スカート丈は短めで、細くて綺麗な脚を見せている。時計、バッグなどはすべてブランド物。肩までの髪は二色か三色で染め分けており、動きと表情がある。一見して、全身にそれなりにお金をかけているのが分かる。

「それに、整形してるでしょう」

またK氏。私は「えっ」と、今度は目を丸くした。男性の目というものは、かくも厳しいものなのか。そんなに長い時間、一緒にいたわけでもないのに、すぐに見分けてしまうものなのだろうかと、空恐ろしい気分にさえなった。

「してる？」

「でしょう。どう見たって不自然だよ、あれ。鼻の周りとほっぺただけ、妙に肌が張ってて、ぴんぴんって感じで。他とバランスがとれてないじゃん」

実は、それは私も気づいていた。確かに彼女は、額《ひたい》の皮膚はたるみが見えて、うっすらと何本かの皺が刻まれていたのに、頬の辺りだけは妙に若々しく、ぴんと張っていた。鼻筋も、通り過ぎるくらいに通っていたことは確かだ。「どことなく、不思議な顔立ちの人だ」としか思わなかった私は、その観察が美容整形にまで繋《つな》がらなかったことを密かに恥じた。

「で、五十四？」

「と、見た。まあ、どう若く見ても、四十八、かな」

私は、またもや「うーん」とうなるばかりだった。私には、まるで見当がつかなかった。何よりも、とにかく、あまりに化粧が濃かったのだ。実年齢を云々《うんぬん》する前に、そちらの方に気持ちがいってしまっていた。一体、その化粧には、どれくらいの手間暇がかかるのかと、思わず聞いてみたいと思うくらいに厚化粧だった。

まず印象に残るのは、派手を通り越しそうなピンク色の口紅である。あんな口紅を使っている女性を、私はこれまで見たことがないかも知れない。マットで可愛らしいとも言える色だが、下手をすると、安売りの広告などでしか見かけないような、ぺったりと貼りつくタイプの色。彼女が煙草を吸うと、白いフィルター部分には、まるでクレヨンの色のように、その濃いピンク色が移った。

アイメイクも凝《こ》っている。アイシャドウは、最低でも三色は使っていて、まぶたの目頭部分と目尻部分は同色のダークな色調、そして、まぶたの中央の辺りは、ピンク系。さらに、その上のアイホール部分には、パール感でキラキラする別の色という具合に色分けがされている。さらに、目の縁《ふち》、ことに下の部分には、かなり太いアイラインがきりりと入っている。眉はブラウン。マスカラも色つきのものである。

恐らく肌の方だって、コンシーラーとかハイライトとか、色々と使っているのだろうと思うが、そこまでは私には分からなかった。とにかく「色んな色」が配合されて、彼女の顔が出来上がっていることだけは間違いないと思っただけである。

ここまで厚化粧だと、素顔が分からないのはもちろんのこと、その人の表情というものも、何となく読みにくくなるものだ。現に、初対面の時には、彼女は機嫌が悪かったらしい。原因は私と会う前に起こったことらしいので、私とは関係がないのだが、しっかり塗り固められている彼女の顔からは、「怒り」の表情を読むことは出来なかった。ただ、取り出した携帯電話に向かって口を開いた途端に、こちらが肩をすくめたくなるくらいの怒りの言葉が一気に噴き出してきて、それで初めて「怒ってるんだ、この人は」と気づいたくらいである。

勝ち気でプライドが高く、行動力があって短気。自信に満ち、自らの力でぐいぐいと道を切り開いていきそうな五十四歳。だとしたら、正直な話、少しばかり近づき難い。どういうところに話の接点を見出せば良いのか、どんなところから親しくなれば良いのか、分からないと思った。

だが、やがて打ち解《と》けてくると、彼女は少しずつ自分のことを語るようになった。離婚歴があり、子どもが一人いること。既に故人となった父親は銀行員だったこと。母親にはギャンブル癖があって、そのせいで父親も、彼女を含む子どもたちも、ずいぶんと苦労させられたこと。などなど。

話しているうちに、彼女の人柄のようなものが、その厚化粧の隙間から少しずつ垣《かい》間《ま》見えるようになってきた。淋しそうだった少女時代の姿が見え隠れし、一粒種の我が子に対する愛情がにじみ出る。そして、陽気に笑う時、彼女は文字通り「破顔」という言葉を思い出させた。

「五十四てことないかな、もう少し若いかも知れない」

K氏も、当初の推測を訂正し始めた。化粧だけは決して変わらないが、会うたびにジーパン姿になったり、超ミニのスカートにブーツという出で立ちになったり、自在に変化する彼女は、確かにそういう意味でも、周囲を煙に巻くような部分があった。

何度目かに会った時、彼女はふいに「実はね」と口を開いた。離婚の原因について。その後、どれほど生活が荒れたか。ようやく立ち直りかけた時に襲われたトラブルについて。一つが解決すれば、また次のトラブルがやってくる。利用される。裏切られる。だまされる。そんな日々を、この十年ほど過ごしてきているという。

「いくら飲んでも酔えなくて、友だちに迷惑かけたことも多かったしね、内臓も壊したし。もう、何時間も身動き出来なくて、ただぼんやりしてたこともあったし」

その頃には、私は理解していた。要するに彼女は人が好《よ》すぎるのだ。面倒見が良く、責任感が強い。現に今だって、ギャンブルのやめられない母を引き取り、妹夫婦と、妹の子どもまで引き取って、それに我が子を加え、六人で生活しているという。

それらのすべてが、彼女の薄い肩にのしかかっている。

「若い頃に、運を使い果たしたのかなと思うこともあるのよね。今さら、もう引き返すことも出来ないし、考えると嫌になる。もう、少し疲れてきてるみたい」

だから、彼女は化粧をするのだ。それは、甲冑《かっちゅう》を身につけるのと同じ意味合いなのかも知れない。我が子のため、家族のために、いざ戦いに出る時の、彼女なりの精一杯の武装なのではないかという気がした。

『姿』という文字は「シ」「すがた」と読み、「人の顔やからだのようす」という意味と、そこから転じて「ものの形やようす」を示す意味である。「次」＋「女」からなる文字だが、「次」は「二（そろえる）＋欠（かがんださま）」を示しており、人がかがんで、そそくさとものをそろえるさまを示しているという。その「次」に「女」がついて、「女がそそくさと身繕《みづくろ》いをして、顔や身なりを整える」という意味になる。

また、全体をざっと繕っただけで、むやみに手を加えない、そのままの様子を示すともいう。「容姿」「姿態」「姿勢」など、熟語としてもなじみ深いものが多い文字といえる。

この文字の興味深いところは「そそくさ」という意味合いを持つところだと思う。

「しっかり」とか「こってり」ではない。あくまでも自然に、整える程度に、ということである。生まれつき持っているものを、みっともなくない程度に短時間で整えて、その上で見えてくるものが「姿」ということなのかも知れない。

そういう意味から考えると、前述の彼女の「姿」は、正直なところ、本来の意味合いからは相当にかけ離れてしまっていると言わざるを得ない。化粧の濃さはもちろん、もしかして美容整形を施《ほどこ》しているかも知れないことも、また、会うたびにがらりと雰囲気を変える服装の趣味も、自分に対する取り組み方としては、「そそくさ」というものからは、もっとも遠い、正反対の位置にあるようにさえ思えてくる。その必要があるから、そうしている。つまり、外見的な姿という意味ではなく、それが、彼女が歩んでいかなければならない「姿」であり、闘う「姿勢」なのだろう。

「つかぬ事をうかがいますが」

もう何度も顔を合わせて、お互いにずい分、打ち解けたと思う頃、ついにK氏が口を開いた。

「大変に失礼なんですけど、何歳ですか」

彼女は、少し恥ずかしそうな笑い方をして、「あなたたちより上よ」と言った。

「ひとつだけね」

私はあまり驚かなかった。話をしているうちに、自分とあまり変わらないのではないかという感じはしてきていたからだ。だが、たった一つ違いにしては、やはり彼女は老け過ぎていた。そして、それはそのまま、彼女の過酷な人生を物語っているようにも思えた。

「じゃあ、まだまだこれからじゃないですか」

いちばん若いK氏の言葉に、彼女はふっと淋しそうに笑った。

「僕、悪いことしちゃったな。五十四なんて」

彼女と別れた後、K氏はまた呟いていた。

——愛さえあれば——

　彼女はゲラゲラ笑っていた。

　こちらが呆気《あっけ》にとられるくらい、身体を大きく揺すって、涙さえこぼさんばかりに笑い続けていた。

　ずい分長い間一人で笑い続け、ようやく「ああ、もう」と落ち着いてくると、彼女は苦しそうに息を吐きながら、まだ笑いの余韻《よいん》の残っている、というよりは、奇妙な形に眉根を寄せた顔でこちらを見た。

「そんな言葉、久しぶりに聞いたわ」

「――久しぶり？　何を？」

　こちらは、そこまで馬鹿笑いされた理由さえ分からないのだ。だが彼女は、まだくっくっと笑っている。

「それも、ナマで聞くとは思わなかった」

　それから彼女は、初めてこちらを気遣うように、または、どこか哀《あわ》れむような表情になって、「そうよねえ」とうなずいた。

「あなたの言う通りよね。そうなのよねえ、愛してさえいれば、ねえ。どうっていうことない問題なのよ」

そして、片方の口元を大きく歪《ゆが》めた。

彼女については以前から、あまり芳《かんば》しくない噂を聞いていた。子どもに暴力を振るっているというのである。最初はまさか、と聞き流していた。確かに、少しばかりエキセントリックな部分はあったけれど、まさか自分で産んだ子どもに手を挙げるような、そういうタイプだとは思ったこともなかったからだ。

恵まれた環境で育った彼女は、子どもの頃から常に友だちに囲まれている、賑やかなことが好きな娘だった。勉強も運動も、何をとっても平均よりは上をいく、さほどの努力をしなくとも、自然に順調な流れに乗ることが出来る、そういう星のもとに生まれついたように見える人だった。

彼女をうらやむ人は多かったと思う。憧《あこが》れさえ抱かれる場合もあったかも知れない。だが、そんなことは、彼女には何の意味もないことだったらしい。自分に追随してくるものなど、彼女の眼中にはない。プライドが高く、ある意味で、非常に上昇志向の強かった彼女は、常に前しか見ていなかったからだ。言い方を変えれば、彼女は実に強烈な虚栄心の持ち主だった。

自分なりに思い描くヴィジョンがあったのだろう、彼女は、洋服やアクセサリーから始まって、身の回りのすべてのものを、似合う似合わないや好き嫌いではなく、ブランドイメージで選んだ。友人や人間関係も、外見や肩書きを重視した。無論、出かける場所も、口にするものも、すべて、まるで雑誌から抜け出してきたようなものばかりを望んだ。それは、ある意味で彼女の育った家庭環境から来ている部分もあったのかも知れない。彼女の家庭そのものが、「上質」「高級」「本物」が好きだったからだ。当然のことながら、彼女の周囲は常に華やかできらびやかで、タイプの違う人間から見ると、近づき難い、まるで別世界のようなものに見えた。

その頃は、まだ周囲の誰も気づいていなかった。最先端の流行を取り入れ、常に人がうらやむほどの環境を整えて、そういう空間に身を置き続けるために、実は彼女はたゆまぬ努力を重ねていたらしい、ということだ。つまり彼女は、雑誌やテレビなどから、ありとあらゆる最新のデータを取り込むために、ほとんど涙ぐましいほどの、相当の労力を費《つい》やしていたのである。そして、自分の知らない情報を周囲の誰かが先に入手していたと知るや、血相を変えて自分が先頭に立とうとするばかりでなく、その誰かを目の仇《かたき》にするようになった。

「似合いもしないくせに」

「馬鹿みたい」

「無理しちゃって」

周囲はようやく、彼女の内に渦巻く嫉妬《しっと》深さや余裕のなさに気づき始めた。それによって、離れていく友人もいた。

「やきもちよ。私に嫉妬してるんだわ」

自分から離れていく人間に対して、彼女はそう決めつけ、相手を軽蔑し、時には憎むことで、さらに自らの内に力を蓄《たくわ》えようとするところがあった。だが、時には「裏切られた」と感じ、自尊心が著《いちじる》しく傷つき、ノイローゼ気味になることもあったという。

やがて彼女は二年ほどの交際を経て、ある青年と結婚をした。相手は、家庭も学歴もすべて、まるで非の打ち所のないエリートサラリーマンである。盛大な結婚式を挙げ、周り中から祝福されて、彼女はようやくひと息つくことが出来た様子だった。

ところが、そこに落とし穴があった。あれだけ熱心にデータを収集していた彼女が、唯一、見落としていたことがあったのである。結局は世間知らずで、企業というものについての興味もなければ知識もなく、業界のルールも、その会社のシステムなども、まったく理解していなかった彼女は、夫の所属部署について、正確な情報を得ていなかった。

「要するに、いちばんのエリートコースっていうわけじゃないっていうことよ。二流よ、二流。彼女のご主人の先は、もう見えたわ」

陰口を叩いたのは、かねてから彼女に裏切り者呼ばわりされ、または見下されていた友人たちだった。見せかけだけの友人たちは、彼女が選んだ相手が、その企業内の花形部署に所属しているわけではないことも、それが意味することも十分に承知した上で、彼女の結婚を心から祝福して見せ、心にもない賛辞をシャワーのように降らせたのだった。

当の彼女自身がその事実を知ったのは、結婚後五年以上が過ぎてからのことだという。そして、その頃から、当時まだ幼稚園児だった我が子に対する暴力が始まったというのである。子どもに出来た痣《あざ》まで目撃したという噂が流れてきた。ほぼ同時期に、彼女は極端に人づき合いが悪くなった。顔つきは、陰気くさい、恨みがましいものに変わっていった。たまに姿を見せても、自分のことは一切、語らない人になっていた。

古い友人同士が集まって、たまには食事でもしようという話になった時、そんな彼女が、珍しく自分も参加したいと言い出した。いつの間にか三人に増えた子どもたちは、二週間前から夫の実家に預けている、少しは息抜きをしなければ、ストレスがたまって仕方がないという理由だったらしい。彼女はワインの酔いに任せて、次第に饒舌《じょうぜつ》になっていった。そして、こちらから聞きもしないのに、ついに自分の夫について「馬鹿みたい」と言い始めた。

「同期では、もう海外の支社長までいってる人だっているのに。学生の時には自分の方が優秀だったとか、人望は自分の方があついんだとか。何なのよ。全部、何もかも、好《い》い加減なんだから」

彼女は鼻息も荒く言ってのけた。「馬鹿みたい」という言葉は、夫に対する言葉であり、同時にまた、彼女自身への嘲《あざけ》りだったようだ。

「世間体だってあるし、親もうるさいから、別れるに別れられないのよ。第一、今さら別れたって、三人も産んでちゃあ、やり直しだって出来やしない」

「お子さん、可愛くないの？」

友人の一人が聞いた。彼女は答えなかった。

「つまり、何が気に入らないの？　ご主人が、出世コースから外れてるから？」

別の友人が、どこか痛ましげに言った。

「当たり前よ。私はだまされたの。気に入らないに決まってるわ」

そこで、私が聞いたのだ。

「だけど──愛情があれば、大したことじゃないんじゃないの？　何もリストラされたとか、生活出来ないとか、そういうレベルの話でもないんだし」

その途端、「愛？」と彼女は目をむいて、そして、冒頭のシーンになったのである。

「いいわねえ。あなたはいつまでも、そんな夢みたいなこと、言ってられて」

ふう、と大きく息を吐いた後で、彼女はいかにも苦々《にがにが》しげに、口元を歪めて呟いた。彼女は、私の言葉を幼稚だと言った。そして、単純で結構なことだと笑った。

「実際、結婚してないから、そんな夢物語みたいな恥ずかしい言葉が出るのよ」

一体、何のためにこんな人と食事などしなければならなかったのだろうと思いつつ、私は黙ってワインをすすっていた。他の友人たちも密かに目配せを送ってくる。プライドの高い彼女の孤独だけが、重く広がった。

『妃』という文字は「ヒ」と読む。天子の正妻、また、皇太子や王子の妻となる立場の人を指す、「きさき」の意味である。

「女＋己」からなる文字は「配」と同系列だという。「配」は、酒壺の傍に、人がくっついている姿を表す文字であり、そこから、あるものの傍に連れ添って、くっつく意を含んでいる。「女＋己」の「己」は、「配」の略体と解釈されている。つまり、王族である夫に連れ添って、くっつく存在が「妃」ということだ。こう書くと、庶民とはかなり無縁の文字という印象を受けるが、一方では単に「つれあい」という意味も持っている。つまり配偶者のことである。

つれあい、という響きは良いものだと、私は思っている。どういう縁からか分からないが、とりあえず寄り添いあって、連れ添って生きていく、それを意味する実に優しい言葉だと思っている。だが、前述の友人を見ていると、到底「つれあい」と呼ぶことの憚《はばか》られる、実に寒々しい関係しか感じられない。

彼女だって「愛」という言葉を知らないはずはなく、愛に憧れた多感な少女時代だってあったはずなのだ。だがそれを、彼女はすっかり忘れ去っていた。人一倍欲張りで、誰よりも欲しいものを手に入れてきた彼女は、孤独なお妃様のように見えた。

——とかいって——

あ、これ？　やっぱ、気がついちゃう？　マジ、震えてんだよね、この手。実はさあ、二日酔いなんだ。二日酔いって震えるっけ。とかいって。酒が切れてきたからかな。

実は昨日さ、久しぶりにさ、ダンナが「たまには飲みに行こうぜ」とかいって。すげえ久しぶりなわけよ、そういうのって。でね、「あ、行く行くぅ」とかいって、マジ、気合い入れて化粧とかして、出かけたわけ。

そしたらダンナはさ、居酒屋系っていうか、オヤジみたいな、そういう店に行こうぜ、とかいって。私はさあ、ええっ、やだよう、とかいって、もう、そこでちょっと喧嘩。

で、だけどダンナは、「じゃあ、分かったよ」とかいって、そこは私に譲ってくれたわけ。私はさ、イタメシに行きたかったからさ、「ラッキー」とかいって、で、行って、結構いいノリで、サラダとかピザとか、がんがん注文して、ダンナなんか「おめえブタになんなよ」とかいって、すげえ失礼でさ。まっ、いつものことだから「おめえもな」とかいって、で、二人で飲んでたわけ。だけど、うちのダンナって、実は酒、弱いわけよ。すぐ眠くなっちゃってさ、「俺、もうダメ」とかいって、「ウチ帰って『ウルルン』観てえ」とかいって。もう、顔なんか真っ赤にしちゃってさ、目なんかも血走っちゃって。「おめえ、まだ飲むのかよ。馬鹿じゃねえの」とかいって。

ダンナがそんなんじゃ、超白けるわけじゃん？　だからさ、男友だちを呼び出したわけ。「ちょっと飲もうぜ」とかいって。ええ？　ちがうよ。私の男友だち。そしたらさ、「おう」とかいって、すぐに来るじゃん。「久しぶり」とかいって。ちょうど飯でも食おうと思ってたとこなんだ、とかいって。

そいつはさ、飲むわけよ。がんがん。どんどん。でさ、二人でギャハハハとか笑いながら飲んでたらさ、ダンナが怒って帰っちゃったわけ。「お前らとはつき合えねえ」とかいって。だけどさ、そんな白けた顔で傍にいられても、こっちだって嫌なわけじゃん。だから、「まっ、いっかー」とかいって。で、また別の男友だちとかも呼んでさ。「何か、独身に戻ったみたいー」とかいって。もう、皆して大盛り上がり、ってさ。

感じで。

で、朝になったんだよね。

べつに、他のことは何もしてないよ。もう純粋に、飲んで騒いで、あと途中からカラオケやってって感じだったんだけど、「げっ、やっべー」とかいって。店出たら、ちょっと、もう明るいんですけど、とかいって。歩き始めたらさ、もう気持ち悪くてさ、一回——二回、全部で四回かな、げえげえ戻して、「ちくしょう、もう酒やめるぞ」とかいって。

でも、まあ、戻せば結構、楽になったりするからさ、「んじゃな」とかいって、友だちと別れて、ちゃんと電車で帰ったわけ。そしたらさー、普通だったらもう、ダンナは出かけてる時刻だと思ってたのにさー、アパートの前まで行ったら、ダンナの車が、まだあるわけよ。「やっべー」とかいって。だけど、めっちゃ寒いしさ、酒が切れてきたから、ブルブルしちゃってさ、しょうがねえ、怒られるかって感じで。でもちょっとは可愛く、「ただいまー」とかいって。

ダンナ、怒ってるわけじゃん。「てめえ、俺が朝帰りなんかしたことねえのに、どうして女房のおめえが、そうしょっちゅう朝帰りなんかするんだ」とかいって。

「だって、気がついたら朝だったんだもん」とかいって。

「その言い訳、何度目だと思ってんだ」とかいって。

「ええと、三回目」とかいって。

「馬鹿言ってんじゃねえ、五回目だろうが」とかいって。「信じらんねえ。結婚して一年たつかどうかって間に、五回も朝帰りする女房なんて」とかいって。

「ええ、そんなの数えてるのなんて、もっと信じらんねえ」とかいって。「でも、もうしません」とかいって。

「そんな台詞、もう聞き飽きてんだよ」とかいって。「第一、酒臭くてたまんねえよ」とかいって。「また吐いたんだろうが」とかいって。「最低な女な」とかいって。

「だけど、外で吐いてきたから、もうウチでは吐かないから」とかいって。「海より深く反省する」とかいって。

「うちにいたって結局、毎日酔っ払ってるんだから、どうせなら外で高い酒飲むよりは、家で酔っ払ってろ」とかいって。

「ええ、そんなぁ」とかいって。

もう、こっちは眠くてフラフラなわけよ。だけど、起きたばっかかのダンナは元気でさあ。こっちは見てるだけで、また吐きそうになるっていうのに、朝っぱらからモリモリ飯食って、ずっと説教。

「おめえにワインは似合わねえんだよ。安い焼酎《しようちゆう》でも飲んでろ」とかいって。「ええっ、うちで焼酎なんだから、外でワインでいいじゃんよ」とかいって。「おめえ、手ぇ震えてんじゃねえのかよ。アル中なんじゃねえのか」とかいって。「ちがうってばー」とかいって。マジ、ヤバいかもしんないけどね。

で、よく考えてみたら、今日も休みじゃん、とかいって。じゃあ、今日は仲直りの夕ご飯ね、とかいって。これから会うんだけどさあ。ええ？　ああ、ダンナはね、新しいスノボが欲しいとかいって、もう昼過ぎから友だちと神田《かんだ》に見に行ってる。

私？　やらないよ、そんな。寒いの、嫌だもん。だけど、ダンナはさあ、感じ悪いんだよね。「やっぱ、年なんじゃねえの」とかいって。「うるせえ」とかいって。一応ね。「余計なお世話」とかいって。

だけど、やっぱ、そうなのかも知れないんだよね。だってさ、向こうはまだ二十七なわけ。何だかんだ言ったって。私は、もう三十三だよ。今年で三十四になる。はあ、ババアだよねえ、もう。

この前なんかさ、ダンナが、「俺が二十九になる時、お前は三十五になってんだよな」とかいって。「つまり、四捨五入すると、三十歳と四十歳で、十歳違いになるんだな」とかいってー！

「げげー」とかいって！「ショックー」とかいって！　でも、マジ、そうなんだよね。「何だよ、それ」とかいって。そしたらダンナが「せいぜい、捨てらんねえようにすんだな」とかいって。

それでさあ、ちょっと考えちゃうっていうかさあ、これから先、私はずっと、ダンナに捨てられるかも、捨てられるかもって考えながら、暮らしていかなきゃならないんじゃないか、とかいって。

結婚した時は、若いダンナで皆に自慢も出来たしさ、これでも私、まだダンナより年下に見られるからね、今んとこ。だけどさ、四捨五入して三十と四十とか言われちゃうと、マジ、焦るっていうかさ。こりゃあ、朝まで飲んでる場合じゃないんじゃないの、とかいって。これでダンナに捨てられたら、もう次はないような年になっちゃってるんだよな、とかいって。

今朝だってダンナ、言うんだよね。二日酔いで化粧が落ちてる時の私の顔のこと。

て。あれ。ちょっと。ダンナから電話だ。え？　着信音で分かるようにしてるから。

「ひでえ、ババアだな」とかいって。

確かにさあ、何か、目の下なんかカサカサしちゃって、「げっ、やべえ」とかいって。あれ。ちょっと。ダンナから電話だ。え？　着信音で分かるようにしてるから。あ、やだやだ。引っかかっちゃって、取り出せないっつうの――。

――ごめんね、私、行かなきゃ。何かさ、「腹減った」とかいって。待ち合わせの時間、繰り上げろとかいって。もう限界だ、とかいって。わがままなんだよ、あのガキ。だけど、これで怒らせるとさ、また、「じゃあ、働かねえ」とかいって。「誰の金で食ってけてんだよ」とかいって。そうなると、イヤなのよ。だから、これで行くから。また電話するからさ。今度は、飲もうよね。んじゃね。

喫茶店の隣の席にいた私からは、帰りがけに笑顔で振り返る彼女の顔が見えた。前髪を額の辺りで切りそろえ、くりくりとした丸い瞳の、ワンピースを着た女性だった。確かに一見しただけでは、とても三十三には見えない。だが、奇妙に不自然な、少し前の少女マンガから抜け出してきたような、または着せ替え人形のような人だと思った。当然のことかも知れないが、主婦らしい落ち着きなど、うかがえるはずもなかった。

『妻』という文字は、「つま」「サイ」と読み、成り立ちとしては、「又（て）＋かんざしをつけた女」を表しているという。家事を扱う成人女性を示すが、「夫と肩をそろえる相手」という意味もある。「そろえる」という意味合いからは、「斉（ととのえる・そろう）」や「淒（雨あしがそろう）」と同系の言葉とされている。つまり、夫と足並みを揃えて生きていくのが妻ということだろう。

似たもの夫婦、破《わ》れ鍋《なべ》に綴《と》じ蓋《ぶた》、夫唱婦随と、言い方は色々あるが、要するに世間は、夫婦のいずれかを見たとき、もう片方を推測する。あの女性の夫は、正直な話、馬鹿か若すぎるか、または気の毒かのいずれかだろうと、彼女の話を聞いている限りは、どうしてもそう思えてしまう。

とにかく、やっと静かになったと思ったとき、最後に、一人取り残された友人らしい女性の大きなため息が、ふう、と聞こえてきた。

―美声―

彼女は、実に美しい声の持ち主だった。文字通り鈴が鳴るような、というか、小鳥のさえずりのような、軽やかで透明感のある、聞いているだけでこちらが幸せになるような声をしていた。その声で、彼女は私と知り合ったその日に言った。

「せっかく知り合いになれたけど、私、もうすぐこの仕事、辞めちゃうんです」

まだ、相手の名字《みようじ》さえきちんと頭の中に入り切れていない状態だった私は、わずかに拍子抜けしそうになりながら「そうなんですか」と応えるしかなかった。

「結婚するものだから」

彼女は、ふふふ、と肩をすくめて笑い、「あのね」と言葉を続けた。

「妊娠したって嘘ついたら、プロポーズしてくれたのよ、彼が」

それが、彼女との出会いだった。初対面の人に、そういうことを聞かされるのは初めてだったから(未《いま》だに、それに次ぐ経験はしていないが)、私は何と応えたら良いか分からなかった。

──え？　え？　え？

言葉を失っている間に、彼女は彼氏がどこの会社に勤めており、どんな仕事をしているのかということを滔々《とうとう》と語った。

だが、結果として、その結婚は実現しなかった。当たり前といえば当たり前なのだが、本当のことを白状したら、彼氏からふられてしまったと、彼女は泣いていた。

「私、女を磨くわ。いつか、私を捨てた男を後悔させてやるくらいに」

数日もしないうちに立ち直った彼女は、決意も新たに宣言した。そして、新しいターゲットを求めてさまようようになった。彼女の住まいから比較的近いところに、地元の若者が集まる店があるらしく、毎晩のようにその店に入り浸《びた》っているらしいことが、言葉の端々《はしばし》からうかがえた。彼女は、その店でカラオケの女王だったらしい。

「デュエットしようって、次から次へと誘われるの。それで、一緒に歌ってると、すぐに肩とか腰に、手を回してくるのよ」

彼女は嬉しそうだった。頻繁《ひんぱん》に口にする名前が、何カ月かごとに変わっていく。話しぶりからすると、複数の男性が彼女を奪い合い、彼女の心は小舟のように揺れている、ということらしかった。

やがて彼女が口にする男の名前は二人に絞られ、そして数年後、そのうちの一人と結婚、出産。実に順調な人生を歩んできた。

「私、離婚することにしたの」

そんな彼女から連絡があったのは、生まれた子どもがまだ二歳にならない頃だった。

「パパがアル中になって、子どもにまで暴力を振るうようになって」

そこで彼女は、夫の健康保険証を使える間に、全身を健康診断し、悪いところはすべて治してしまおうと考え、これからしばらく入院することになったと言った。

「悪くないわよねえ？　それくらい利用させてもらっても」

私は、「もちろん」と答えた。それにしても分からないものだ。何人もの男の中から選《え》りすぐったはずの相手だったのに。私も何度か会ったけれど、笑顔の似合う、実に爽やかな好青年に見えたのに。子どもはまだ幼い。あの子を抱えて、これから一人で生きていくのは、並大抵のことではないだろう。そう考えると、心から彼女に同情を寄せないわけにいかなかった。

「お願い、すぐに来て！」

そんな彼女から悲痛な電話が入ったのは、彼女が入院して一週間ほどたった頃のことだ。声の調子からしてただごとではない。私は、とるものもとりあえず、彼女のもとに駆けつけた。実はその前日、私は彼女の病院に見舞いに行くことになっていたのだ。それが、急用が出来たからと電話が入り、彼女は外出許可を取って出かけたはずだった。まさか、夫から何か言われたか、暴力でも振るわれたのだろうか、または子どもの親権の問題か何かだろうかと、気をもんでいた矢先の電話だったのである。

彼女は、病院の傍にある公園のベンチで私を待っていた。大きなタオルを顔に押し当て、おいおいと泣いていた。私が声をかけると、何も言わずに握りしめていた手紙を差し出す。

『――理想と現実とが違ってたっていうか。二人の日々は遠い幻だったのかなっていうか。ボクだってショックだったし、傷ついたんだ。だから、もうこれで、会うのは――』

確か、そんな内容の手紙だったと思う。鉛筆書きで、ホテルの便せんを使っていた。おまけに丸文字。文章の語尾に「……」や「♥」などが飛び散っている。まるで女子高生の手紙のようだった。

「――何なの、これ」

私は、呆れたのと馬鹿馬鹿しいのとで、怒るのも忘れて彼女を見た。おいおいと泣きながら、彼女は一部始終を語った。

要するに不倫である。しかも、顔も知らない相手との、ネット上での不倫だった。ただ文字のやりとりをしているだけで二人は燃え上がり、やがて電話で話をするようになった。その時に彼女の美声が、この上もなく効力を発揮したのだ。誰だって、その声を聞いたら、どんなに美しく、たおやかな女性かと妄想にふけりたくなる声。その声が夜ごと「淋しいわ」とか「あなただけが頼り」とか、繰り返していたのだろう。やがて、夜中じゅう長電話しているうるささから、夫は酒を飲まなければ眠れなくなり、相手が男だと気づくに連れ、荒れるようになった。当たり前の話だ。

「私、彼の田舎に銀行の口座まで開いたのに」

もともと太り気味だった上に、妊娠中に、さらに巨大化した彼女は、脂肪肝が悪化したこともあり、夫の健康保険証が使える間に、まだ見ぬ恋人のために、入院して減量に取り組むことにしたのだそうだ。ところが、入院、と聞いて、純朴な田舎の青年（しかも、だいぶ年下だった）は、心配のあまり上京してきてしまった。病院まで来る、と聞いて、慌てて外で会い、その時はホテルにも行ったらしいが、今朝、病院の受付に、その手紙が届けられたのだという。

「一発、ヤられ損じゃないのよぅ！」

彼女は泣きながら美声で叫んだ。そういう問題ですか、と私は言葉を失った。

結局、夫にも愛想を尽かされ、ネット恋人とも破綻《はたん》した彼女は、それから子どもを抱えて、インターネットにのめり込む。何しろ最初から、一人で生きていくつもりなど毛頭ないように生まれついている。出会っては寝て、寝ては捨てられての繰り返しが続いた。可愛い息子は実家に預けっぱなし、仕事だって見つからない。そんな状態で、彼女はほとんど命がけでネットにはまった。そして、その甲斐《かい》あってか、ある年のクリスマス、いわゆるオフ会で出会った男の家に転がり込み、そのまま一緒に暮らし始めた。

「私のことはちゃんと入籍してくれたんだけどね。息子はまだなの」

何年ぶりかで会った時、彼女は真冬なのに素足に夏のサンダルを履いていた。唇の間から見える前歯だけが、不自然に色が違うと思ったら、もともと歯の悪かった彼女のために、夫が「作って」くれたという。文字通り、「作って」くれたのだ。歯医者に行かせてくれたのではなく、プラスチック粘土の手製だという話だった。

「すごく具合がいいんだけど、カレーを食べると染まっちゃうのよね」

　プラスチック粘土の前歯で、彼女は笑っていた。そして、その笑いの余韻が残っている間に「実はね」と口を開いた。ようやく五歳になった一人息子が、この頃、万引きを覚えてしまったというのである。新しい父親の籍にも入れてもらえず、たった一人になってしまった子どもが。

「あなた、何やってるのよ！」

　好《い》い加減、うんざりだった。私は、かなりきつい言葉を投げかけた。彼女は少し、しょんぼりしていた。ところが、まだ話は終わらない。次の冬、私が風邪で寝込んでいる時に、また彼女から電話があったのである。

「ねえ、飲みに行こうよ。迎えに行くから」

「今日は、駄目。熱があるの」

「そんなあ。飲みたい気分なのよ。ねえ」

「――どうして」

「ダンナがねえ、女作って出てっちゃったのよぅ。しばらく家に連れ込んで、一緒に住んでたのに。だから、パアッとやりたくて」

「あなた——飲んでる場合じゃないんじゃないの。パアッとやってる場合じゃあ」

それ以外に、もう言葉が出なかった。

『凄』という字は「サイ」「セイ」と読む。意味としては、「すさまじい」「すごい」というものが主なものである。「冫」は「氷」の原字であり、氷、冷たさなどを表す。実は「凄」という文字は、「サイ」「セイ」という音を示すために「妻」を使っているだけで、「妻」の文字そのものに深い意味はないのだそうだ。氷雨《ひさめ》の降りしきるように、肌寒いさま、冷たさや淋しさが身にしみるという意味の文字が「凄」である。だが、「凄」という文字からは、やはり何ともいえない壮絶な人間ドラマの印象を受けはしないか。まがまがしく、救いがなく、やり切れない、アリ地獄にはまってしまいそうな情念が感じられる文字に見えはしないか。

美声の彼女の話は、尽きることがない。とにかく、凄すぎるのだ。今はもう連絡がなくなったけれど、願わくは穏やかに明るく暮らしていて欲しい。いくら好奇心が強くても、これ以上に凄まじい話は、さすがの私でも、もう聞きたくない。

―ここだけの話―

H子には、職場に仲良しグループがいた。華やかで賑やかな四人組は、当時、男性社員の目をひいた。彼女たちがいれば、忘新年会でもカラオケ大会でも、社内のイベントは大いに盛り上がった。

「未《いま》だにああいうのがいるから、男性社員だって誤解するのよ。女は愛想振りまくためだけに、会社に来てるみたいな」

そんなH子たちを面白く思わないグループもいた。やはり四人組の、それも総合職のグループが、冷ややかに陰口を叩いていることを、H子たちも知っていた。だが、彼女たちと正面からぶつかるような真似はしなかった。どうせ、言われることは分かっている。一般職のくせに。他に出来ることはないの。

「あんな怖い顔しなくたって、いいじゃないねえ」

「眉毛くらいカットすればいいのに。そうすれば、もう少し垢抜けて見えると思わない？」

「無駄でしょう。眉毛くらい変えたって」

H子たちは、ことあるごとに、そんな話をしてはエリート四人組をあざ笑った。人生、楽しんで何が悪い。男性にちやほやされて、何が悪いのだと思っていた。

総合職グループの四人組は、一人が国立、三人が有名私立大学を卒業しており、二人は帰国子女、二人は留学経験を持っていた。男性社員と肩を並べて仕事をする彼女たちは、確かに有能かも知れないが、外見に関しては、H子たちのグループに遠く及ばなかった。

やがて、H子の仲間は、それぞれに人生の転機を迎えた。二人は結婚のための寿《ことぶき》退社。一人は転職。気がつけば、H子一人が残された。だが、当面は結婚の予定もなく、他にやりたいこともない。結局、呑気《のんき》にOL生活を送るしかなかった。そして翌年、彼女は、エリート四人組と同じ部署に異動になった。

「よろしくお願いします」

女性だけの新しいプロジェクトを立ち上げるための準備室にいた四人組は、五人目のメンバーであるH子を当初、冷ややかに眺めた。

「ここは、人使いが荒いわよ。甘やかしてくれる男性社員もいないし、あなたにとっては辛《つら》い職場になるかも知れないわね」

リーダー格のA子が言った。何年か前までは、地味で、野暮《やぼ》で、その上堅物に見えて、ちっとも魅力的ではないと思い、密かに軽蔑していた彼女だった。だが、こうして改めて眺めてみると、A子だけでなく四人の女性はいずれも生き生きとして、自信に満ちて見える。H子は、すっかり気圧《けお》された気分になり、同時に、彼女たちがうらやましくてならなくなった。外見は二の次だったかも知れないと、自分の主義を改めなければならない気分になったほどだ。

実際、H子から見て、彼女たちはまさしく外見に関係なく、良い表情をしていた。そして、時には激論を戦わしあい、また、仕事帰りに飲んでいる様子などを眺めていると、まるで男同士のような気持ちの良い関係を築いているようにも見えた。

「そう思う？　本当に？」

ところが、ある日、グループ内のB子と二人だけになった時、H子は意外なことを聞かされた。

「冗談じゃないわ。それはポーズよ。だって少なくとも私は、あの人たちのこと、嫌いだもん」

そしてB子は、まるで堰《せき》が切れたように、残る三人の悪口を言い始めた。A子は、実は部長と不倫の関係だという。部長の力があってこそ、このプロジェクトが立ち上がったのだという説明には説得力があった。

「だけど、A子さんには恋人がいるって」

「それ、実はC子の彼氏なのよ。C子だって本当は薄々、気づいてるの。だけど、言わない。切り札として、とっておく気なのね」

H子は目をみはった。

「でもまあ、男にだらしないっていう点では、D子にかなう相手はいないわね」

そしてB子は、一見おとなしそうで奥手に見えるD子こそが、そういう点ではいちばん奔放《ほんぽう》だと言った。

「B子には、気をつけた方がいいわ」

ところが別の機会に、今度はD子が言った。

「あの人って、何しろ嘘つきだから。自分のプライドを守るために、平気で人を陥れるようなところがあるから」

H子が目を丸くしている間に、D子は、A子とC子についても陰口を言い始めた。

A子の不倫について。C子の中絶疑惑について。

「子どもじゃないんだから、この年になって中絶なんてね。どうやら噂では、彼氏との間の子じゃなかったらしいの。それで、堕《お》ろさざるを得なかったみたいね」

「彼氏との間の子じゃないって――」

「六本木のクラブで、どっかの不良外国人に引っかかったのよ。あの子、一人でも平気でそういう店に、よく行ってるらしいから。それで結局、彼氏にも愛想を尽かされかかってるみたい」

一体、この四人はどういうことになっているのだろうか。全員が揃っている時に眺める目が、つい変わってしまいそうになる。だが彼女たちは、表面上はあくまでも仲良く、和気あいあいと日常をこなしていくのだ。H子は混乱した。

「自分の持ち物はちゃんと管理しておいた方がいいわよ。それに、貴重品は置いていかないこと」

またある時、H子は、今度はC子に言われた。

「不愉快な話なんだけど、時々なくなることがあるの。私も自分の机に入れっぱなしにしておいたリングが、見あたらなくなったことがあるの。カルティエよ」

そしてC子は、「ここだけの話だけど」と声をひそめた。ここだけの話。全員が、そう前置きすることを、既にH子は嫌というほど学んでいた。

「A子さんて、ちょっと病気かも知れない。他人が少しでもいいものを持ってると、もう許せないのね。負けず嫌いっていうか、何ていうか。まあ、そのお陰でここまでのし上がってきてるんだろうけど」

そしてC子は、A子の見栄っ張りをあざ笑い、B子のどんな嘘に振り回されたことがあるかを語り、D子は現在、少しだけ遊んだ男につけ回されて逃げ回っている、などという話をした。H子は息苦しくなった。もしも自分がすべての話をしてしまったら、このチームはどうなってしまうのかと思う。だが、誰に相談すれば良いものかも分からない。

「ここだけの話だけど、私、海外転勤の希望を出してるの。それがかなったら、チームは解散ね。どうせ、あとの三人には、そこまでの能力はないもの」

そしてついにA子までが、ある時、そう言った。彼女は、仲間の誰のことも信じていないという。

「あんな、お腹の中で何考えてるか分からないような人たちを、本気で信じられるはずがないじゃない。まだあなたの方が、口も堅いみたいだし、それなりに、よくやってくれてると思うわ」

そしてA子は、B子の嘘と虚栄心に、C子の嫉妬深さに、D子の志《こころざし》の低さと価値観の違いに、ほとほと呆れている、もううんざりだと言った。一日も早く、この仲間から外れたいと。

「それなのに、四人が集まると、すごい仲良しになっちゃうわけよ。皆、お互いを誉めちぎって、励まし合って」

かつて仲良しグループだった三人と、久しぶりに顔を合わせた時、H子は深々とため息をつきながらそれらの話をした。現在は主婦となり、母となり、また、輸入雑貨店の店長となっている友人たちは、いずれも半ば意外そうに、また感慨深げにH子の話を聞いた。

「どろどろじゃないよ、それって」

「私たちって、そういうことはなかったね」

「本当。ただうるさかっただけでね」

「他の人の悪口は一杯、言ったけど、仲間は大切にしてきてるわ」

「向こうの方が、頭だっていいんだろうし、よっぽど難しい話でもしながら、うまくやってるんだろうと思ったのにね」

「ねえ」

『姦』という字は、「ケン」「カン」と読み、「よこしま」「男女の間で不義を犯す」という意味がある。また、「女」が三つあつまっているところから、「かしましい」という意味もある。「かしましい」とは、つまり、お喋《しゃべ》りでうるさい、という意味である。

「姦」本来の意味から思い浮かぶものとしては、強姦、姦淫、姦通などという、文字そのものからして、どこか禍々《まがまが》しいものが多い。どう転んでも、人の道に背き、嘘にまみれ、悪事をはたらいた結果という印象をぬぐえない。湿度の高い、凶悪性さえ感じさせる文字だと思う。性別も、また学歴や能力とも関係なく、この文字は、まるで魔物のように、ある種の人に取り憑くようだ。「かしましい」くらいは仕方ないにしても、出来ることなら関わりたくない、無縁でいたい文字の、代表格かも知れない。

この春、A子は希望通り海外に行った。だが彼女の予想を裏切って、プロジェクトの準備室は順調に存続している。H子は、そろそろ本気で結婚でもしようかと、最近、考え始めている。

―お揃《そろ》い―

ずい分以前に住んでいたマンションでのことである。あるとき隣の部屋に、若い女の子が二人、越してきた。

「友だち同士で暮らすんですって」

そういえば数日前に、何やらゴトゴトと音がしていたと思っていたら、大家の奥さんからそう聞かされて、私はルームメイトか、と思った。なかなか良い響きだ。それほど広い間取りの建物でもなかったが、二人にとってはそこが、様々な青春の思い出を築く舞台になっていくことだろう。

まともに姿を見たことはなかったし、挨拶に現れたわけでもなかったが、とにかく二人の生活が始まっているらしいということは、その後、すぐに分かってきた。まず、ある雨の日に傘が二本、玄関脇に立てかけられていた。それから、マンションの通路に自転車が二台置かれるようになった。ベランダの隅にスニーカーが二足、干されていることがあった。小さな小物かけに手袋が二組、干されていることもあった。

少し、妙な感じだった。

それらのすべてが、お揃いなのだ。何もかもがお揃い。揺れる洗濯物も、天気の良い日に干される寝具も、何もかもがお揃いか、せいぜい色違いばかりなのである。

――ルームメイト、ねえ。

その頃になって時折、彼女たちの姿を見かけるようにもなっていた。二人はいつも同じ格好で、手をつないでいた。私と顔を合わせると、少し慌てたような、恥ずかしげな顔で、そそくさと消えてしまう。髪型は少し違っていたかも知れない。だが、あとは雰囲気のよく似た女の子たちだった。

古いマンションだった。日常の生活では、それほど隣や上下の物音に悩まされるわけではなかったが、排水の音だけは、よく響いた。ある夜、隣室の彼女たちが一緒に入浴しているらしい音が響いてきた。まるで子どものように、きゃっきゃとはしゃいでいる声が、配水管を通して響いてくるのである。

――て、いうより、恋人か。

結局、私はそう結論を下すことにした。いくら仲良しだって、下着から自転車までお揃いで、風呂まで一緒というのは、並大抵のことではない。小学生じゃあるまいし。

それにしても、まだ親がかりの年頃だろうに、何もかもをお揃いにして、二人だけの世界で暮らしている娘たちを、彼女たちの家族はどう思っているのだろうかと、私はそちらが少し心配になった。もしも、どちらかの親が訪ねてきたら、親だってヘンに思うかも知れない。娘たちの関係に、理解を示すか分からない。それを考えると、彼女たちの前途は多難に思えた。

そして、破局はやってきた。

実に分かりやすい、目にも鮮やかな、いずれか一方からの宣告のようだった。ある日、二人お揃いのものとは明らかに異なる傘が一本、玄関脇に立てかけられていたのだ。これまでは小さな鉢植えの花さえ、必ず二つずつ並んでいたところに、その傘は異様なほどに存在感を示していた。

置かれていた自転車が一つになるまでに、それほどの時間はかからなかったと思う。二人の間に何があったのかは分からない。だが、あまりにも互いに依存し過ぎていた結果、破局も早かったのではないかと、単なる好奇心だけの隣人に過ぎない私は、密かに考えていたものだった。

そして最近、またもや「お揃い」の二人組を目撃した。今度の二人もまた相当に念入りだった。

服装と靴は違っている。だが、その他は、金髪に近い色に染め、それもサイドをたてロールに巻いている髪型から、相当に濃い化粧、小さなリボンの飛んでいる柄のストッキングにブランドもののバッグまでが、何もかもお揃いなのである。はっきり言って、以前の隣人たちよりも、ずっと金がかかっている。

ピンク色のファイルケース、やはりブランドものの時計、指輪、ピアス、ネックレスにいたるまで、何もかもがお揃い。服装だけは、片方がパステルトーンにミュール、もう一人はモノトーンでブーツと、そこだけは変えているが、ミニのスカート丈は一緒。体型も似ていて、まるで着せ替え人形のような雰囲気の二人だった。

多分、女子大生だろうと思う。だが、そんな雰囲気だから、二人は明らかに周囲の注目を集めていた。すぐ傍にいたランドセルの小学生などは、実に正直に、口をぽかんと開けて彼女たちから目を離さなかった。

彼女たちは、前の晩に観たドラマの話をしていた。その会話の様子からすると、一緒に住んではいないようだ。それなのにストッキングからアクセサリーまでお揃いにするというのは、すべて電話などで相談している結果なのだろうか。きっと、その電話もお揃い、ストラップもお揃いだ。

——恋人だから？

何だかもの悲しい気分になった。

寄り掛かり合う二人の関係というものが、いかにも痛ましく思えたし、今現在、身につけているすべての高級品が、そう遠くない将来、すべてゴミになることは、目に見えているのにと思ったからだ。

男女の恋人同士の場合は、ペアルックなどというのが流行《はや》るときがある。それでもせいぜい、セーターとかマフラー、トレーナーレベルだろうし、最近では観光地などで、そんな二人を見かけて、「へえ、珍しい」と思うくらいに、全体の数は減っている。男性の恋人同士では、お揃いの服装の人たちというのは、私の知っている限りでは、そうは存在しないように思う。

それなのに、仲良しの女の子同士だけが「お揃い」にこだわるのはなぜなのだろう。確かに女の子というものはごく小さいときから、仲良しの間で「お揃い」を持ちたがる傾向がある。筆箱でもお弁当袋でも、どこか「お揃い」にすることが、友情の証《あかし》であるような気分に陥《おちい》りやすい。だが、何かの拍子に、それらはすべて葬《ほうむ》り去られるのだ。まだまだ使えるものであったとしても、どこも傷《いた》んでいなくとも、そこに忌《い》まわしい思い出が絡みついたと思えば、それらはいとも簡単にゴミになる。

小さい頃から十代にかけて、そんな経験をする女性は、決して少なくはないと思う。シャープペンでもポーチでも、何かしら「お揃い」が嬉しく、また、それを第三者に言うのが楽しいという時期がある。

「あ、これ？　○○ちゃんとお揃いなんだ」

そういう時の女の子というものは、実に誇らしげで、楽しげである。それが宝物になる。だが、ほんのわずかでも友情にひびが入れば、その宝物は簡単に価値を失ってしまう。女の子は少し泣いたり怒ったりして、宝物を放り出し、やがて忘れてしまう。そんなことを繰り返すうちに、普通の女の子たちは、「お揃い」に大した意味などないことを理解していく。

「お揃い」というのは、ある意味での自己放棄であり、妥協の産物である。または相手への強制であり、脅迫だ。そして、依存である。その何《いず》れかに気づいた時に「お揃い」は無意味なものか、または単に煩《わずら》わしいばかりの呪縛《じゅばく》になり果てる。

「お揃い」とは、また「横並び」の意識の表れである。「お揃いね」と口にすることで、少女たちは幼い頃から「横並び」の安心感を学び、ほとんど本能的に、自分が置いてけぼりを食わないための、それが有効な方策であることを知っている。それでも、どこまでも「横並び」では生きられないことを悟り、そこから解き放たれてなお続く関係こそが大切だと知るときが来る。それが友情であろうと恋愛感情であろうと同じことだ。

『嫉』という文字は「シツ」と読み、「ねたむ・にくむ」という意味を持つ。他人の良いことを憎らしく思うということである。「女＋疾」からなる文字だが、「疾」は「疒（やまい）＋矢」であり、矢のようにきつく、早い病を意味する。つまり「嫉」とは、女性にありがちな、かっと頭に来る疳《かん》の虫、ヒステリーのことだという。

疳の虫とかヒステリーとかの表現が、女性特有のものであるかどうかという問題は別として、「嫉妬」「嫉視《しっし》」などという言葉がすぐに連想されるこの文字は、確かに少し病《やまい》らしい部分をはらんで、下手に手出しなど出来ない、出来ることなら関わったり近づきたくない、そんな恐ろしさを持った文字だと思う。

何でも「お揃い」が楽しくてならなかった時期を通り過ぎ、いずれか片方が窮屈に感じ始めると、もう片方に芽生《めば》えてくるのが、この「嫉」的な感情なのではないかと思う。いや、そもそも「お揃い」という形の束縛こそが、もしかすると最初から「嫉」の裏返しとしての巧妙な罠《わな》なのかも知れない。自分の内に、そんな病を育てたくないと思ったら、最初から下手に「お揃いね」などと口にせず、たとえば自分の子どもなどにも勧《すす》めない、その方が賢明ということだろうか。

あとがき

ここまでお読みくださった方には、もう十分にお分かりいただいていることと思うが、この『女のとなり』は、正確には『女へんのとなり』であり、いわゆる『女へん』の漢字や、どこかに『女』のつく漢字の一つ一つに対して、ちょっと丁寧に考えてみましょうか、ということで書き始めたエッセイ集である。

「男」という文字は、「田」と「力」から出来ている。「田」ははたけ、狩りを指し、耕作や狩猟に「力」を出すという意味で「男」という文字が生まれたのだそうだ。なるほど、とうなずけるのではあるが、その一方では、要するに働く意欲と力強さの、どちらが欠けても男は男でなくなるということか、とも思う。つまり、どうやら古来、男というものは、ただそこにいるだけでは男としては認められないということなのかも知れない。

これに対して「女」という文字。こちらは最初から象形文字として存在していた。女性のなよなよとしたからだつきを表現したものが、時代と共に変化して「女」という文字になったという。つまり、「男」とは実に対照的、働こうが働くまいが、強かろうが弱かろうが、ただそこにいるだけで、女は女ということである。そう考えると、理屈っぽい意味をくっつけていない「女」の方が自然に添っている感じもするし、文字の成り立ちからして存在自体をすべて受け容《い》れられているような印象があって、少し嬉《うれ》しい。

ところが、である。そう単純に喜んでばかりもいられないのだ。では「女」といったら、それはもう松竹梅から甲乙丙丁《こうおつへいてい》、新品中古まで、すべてをひっくるめて「女」という一括《くく》りで平等に受け容れられているかというと、とんでもない話である。現実に目を向けたって、年齢や美醜・立場や性格にいたるまで、実に細かく見定められて、「こういう女」「ああいう女」とレッテルを貼《は》られることくらい、当たり前のこと。そうして、その女性を表現するときには、「女」のとなりに、何か別の文字がつくことになる。「娘」しかり「姑《しゅうとめ》」しかり。つまり、「女」は「おんなへん」となり、さらに新しい文字を生み出すことによって「男」という文字より、よほど限定されると共に、複雑な意味を持ってくるのである。

ところでテレビの時代劇などを見ていると、時折「くの一」と呼ばれる女忍者が登場することがある。子どもの頃は意味も分からないまま「へえ、女の忍者もいたのか」と、そちらの方にばかり気をとられていたものだけれど、この「くの一」とは『女』という文字を分解したものであり、『女』を呼ぶときの、いわゆる隠語なのだということを後から知った。「おんな」という語感や響きには何となく抵抗があったとしても、「くのいち」という響きになると、意外にすんなりと受け容れられる、そんな効果もあるかも知れない。『女』という、たった三画の文字一つにして、そんな分解の仕方があるところが漢字の面白さであり、さらに、本来は中国で生まれた文字に対する、日本人なりの受け容れ方の表れともいえると思う。

ただでさえ私たちが日頃、当たり前に使用している漢字には、その成り立ちから様々な意味が含まれている場合が多い。「くの一」がくっついた漢字も同様である。単純に考えると、『女』が関係しているから『女』とつくのだろうと思うし、つまりは『女』の特質をあらわそうとしている文字のような印象を受ける。だが実際は、『女』に向かおうとする『男』の心情や立場をあらわしている文字も多いようである。

そんな文字の一つ一つを眺《なが》めていると、何となく連想する人、出来事、光景などが浮かんでくる。それを「くの一」という文字に引きずられるようにして書き留めていったのが、これらのエッセイということになるだろうか。

結局、こうしてひとつにまとまってみると、やはり『女のとなり』というタイトル通り、女性のことについて書いたものばかりになってしまった。コワイ人も登場するし、何となく哀れを誘う人もいる、複雑な心境にならざるを得ない人も、笑うしかない人もいると思う。文字の多様性よりも、人の多様性の方が勝っているに決まっているのだから、ここに登場している女性たちの他にも、きっと世の中にはもっと色々な人たちがいるのだろうと思う。

お読みいただいた方の中には、「こういう人、私の近くにもいる」と感じる方もおいでになるだろうし、「こんな人がいるなんて！」と不快に思われる場合もあるかも知れない。「もっとスゴイ人を知ってる」と口がムズムズする場合も、ひょっとして、あなた自身がどこかに当てはまっている場合も、あるのかも知れない。まあ、自分のことは棚に上げても、多少の息抜きとして、お楽しみいただければ幸いである。

二〇〇三年七月

乃南アサ

編集部注・本文中の漢字の語源については『学研漢和大字典』（藤堂明保編・学習研究社発行）を参考にしております。

（この作品は、平成十五年九月、
小社から四六判で刊行されたものです）

一〇〇字書評

切り取り線

購買動機（新聞、雑誌名を記入するか、あるいは○をつけてください）

- □（　　　　　　　　　　　　）の広告を見て
- □（　　　　　　　　　　　　）の書評を見て
- □ 知人のすすめで
- □ タイトルに惹かれて
- □ カバーがよかったから
- □ 内容が面白そうだから
- □ 好きな作家だから
- □ 好きな分野の本だから

●最近、最も感銘を受けた作品名をお書きください

●あなたのお好きな作家名をお書きください

●その他、ご要望がありましたらお書きください

住所	〒				
氏名		職業		年齢	
Eメール	※携帯には配信できません		新刊情報等のメール配信を希望する・しない		

あなたにお願い

この本の感想を、編集部までお寄せいただけたらありがたく存じます。今後の企画の参考にさせていただきます。Eメールでも結構です。

いただいた「一〇〇字書評」は、新聞・雑誌等に紹介させていただくことがあります。その場合はお礼として特製図書カードを差し上げます。

前ページの原稿用紙に書評をお書きの上、切り取り、左記までお送り下さい。宛先の住所は不要です。

なお、ご記入いただいたお名前、ご住所等は、書評紹介の事前了解、謝礼のお届けのためだけに利用し、そのほかの目的のために利用することはありません。またそのデータを六カ月を超えて保管することもありませんので、ご安心ください。

〒一〇一-八七〇一
祥伝社文庫編集長　加藤　淳
☎〇三（三二六五）二〇八〇
bunko@shodensha.co.jp

祥伝社文庫

上質のエンターテインメントを！ 珠玉のエスプリを！

祥伝社文庫は創刊15周年を迎える2000年を機に、ここに新たな宣言をいたします。いつの世にも変わらない価値観、つまり「豊かな心」「深い知恵」「大きな楽しみ」に満ちた作品を厳選し、次代を拓く書下ろし作品を大胆に起用し、読者の皆様の心に響く文庫を目指します。どうぞご意見、ご希望を編集部までお寄せくださるよう、お願いいたします。

2000年1月1日　祥伝社文庫編集部

女《おんな》のとなり

平成18年9月10日　初版第1刷発行

著者　乃《の》南《なみ》アサ

発行者　深澤健一

発行所　祥《しょう》伝《でん》社《しゃ》
東京都千代田区神田神保町3-6-5
九段尚学ビル　〒101-8701
☎03（3265）2081（販売部）
☎03（3265）2080（編集部）
☎03（3265）3622（業務部）

印刷所　萩原印刷

製本所　関川製本

ISBN4-396-33305-6　C0193

祥伝社のホームページ・http://www.shodensha.co.jp/

祥伝社文庫

乃南アサ　**今夜もベルが鳴る**

落ち着いた物腰と静かな喋り方に惹《ひ》かれた男から毎夜の電話…が、女の心に、ある恐ろしい疑惑が芽生えた。

乃南アサ　**微笑《ほほえ》みがえし**

幸せな新婚生活を送っていた元タレントの阿季子。が、テレビ復帰が決まったとたん不気味な嫌がらせが…。

乃南アサ　**幸せになりたい**

「結婚しても愛してくれる?」その言葉にくるまれた「毒」があなたを苦しめる! 男女の愛憎を描く傑作心理サスペンス。

乃南アサ　**来なけりゃいいのに**

OL、保母、美容師…働く女たちには危険がいっぱい。日常に潜《ひそ》むサイコ・サスペンスの傑作!

小池真理子　**間違われた女**

顔も覚えていない高校の同窓生からの思いもかけないラブレター、そして電話…正気なのか?　それとも…。

小池真理子　**会いたかった人**

中学時代の無二の親友と二十五年ぶりに再会…喜びも束《つか》の間《ま》、その直後からなんとも言えない不安と恐怖が。